마왕인 내가 노예 엘프를 신부로 삼았는데 어떻게 사랑하면 되지? 2

지음/테시마 후미노리 • 일러스트/COMTA • 옮김/권미량

커버 그림 · 본문 일러스트 **COMTA**

Contents

'샤스틸 릴키비스트——그대의 성기사장으로서의 권한을 무기한 동결한다.'

교회 큐아노에이데스 지부장이자 샤스틸의 직속 상관인 크라벨 추기경에게 그 말을 들은 것은 사흘 전이다.

사실상의 근신령이지만 구속되지는 않았다.

이미 교회에는 있을 곳이 없고, 달리 갈 곳이 없는 샤스틸의 발이 향한 곳은 큐아노에이데스의 거리 중 하나였다.

"……나도 참 멍청하지."

혼자 중얼거렸다.

샤스틸의 등에는 성검이 없었고, 성기사라는 표식인 세례 갑옷도 입지 않았다. 부하인 세 기사는 호위를 자처했지만 그것도 거절했다.

지금의 자신은 기사가 아니라 평범한 사람이기 때문이다.

보름 전, 새로운 〈마왕〉이 탄생했다.

이름은 자간. 〈마술사 킬러〉 자간이다.

〈마왕〉이란 마족 같은 괴물의 왕이 아니다. 마술의 가장 높은 경지에 오른 왕의 호칭이다.

교회가 전력을 다해 물리쳐야 하는 불구대천의 적이기도 하다.

하지만 샤스틸은 그 〈마왕〉 토벌의 임무를 거절했다. 그것도 모자라 자간과 싸워서는 안 된다고 이의를 제기했다.

그 결과가 지금 이 상황이다.

——이런 일을 한들 자간은 고맙게 생각하지 않겠지.

그는 적이 내민 손 따위는 원하지 않는다. 감사라는 개념을 알고 있는지도 의심스럽다.

그저 자신의 힘만을 믿고, 그 힘으로 그 어떤 불합리한 일도 모두 물리치는 남자다.

——그래도 그 남자를 위해 뭔가 해주고 싶었다.

두 번이나 자신의 목숨을 구해줬기 때문일까, 아니면 다른 이유가 있어서일까, 샤스틸 자신도 알 수 없었다.

자신은 언젠가 제거될 것이다. 성검 소유자의 배신을 교회가 용납할 리 없다. 아마 〈마왕〉 토벌 이상의 집념을 가지고 공격해올 것이다.

교회라는, 오로지 마술사를 죽이기 위해서만 존재하는 단체가 적이 되는 것이다.

물론 두렵다. 샤스틸은 원래 겁이 많은 성격이다.

그런데 신기하게도 후회라는 감정은 생기지 않았다. 샤스틸은 자신의 신념을 고수했다. 그 사실을 자랑스럽게 여기고 싶었다.

다만 조금이라도 좋으니 자간이 자신을 기억해주길 바랐다.

그의 마음속에 있는 사람은 하얀 머리를 가진 엘프 소녀뿐이다.

거기에 끼어들 생각은 없다.

하지만 그들이 평온하게 지내다가 마침내 가족을 이뤄 행복하게 사는 모습을 보고 싶었다. 그리고 정말 가끔이라도 좋으니 자신을 떠올려주기를 바랄 뿐이다.

자기만족 같은 소원을 생각한 탓인지 눈앞에 그들의 모습이 떠오르는 것 같았다.

늘 그렇듯 인상이 나쁜 청년과 새하얀 엘프 소녀. 그리고 그들 사이에서 손을 잡고 있는 귀여운 딸. 자간을 닮았는지 눈매는 사납지만 귀여운 소녀였다.

"후후, 자간 녀석, 분명 딸 바보가 될 거야."

그 남자가 본질적으로는 착한 사람이라는 사실을 샤스틸은 알고 있다.

"그 옷, 마음에 드나?"

"응. 고마워, 자간."

무뚝뚝하기 그지없는 아버지 같은 말이다.

환청일까. 그런 목소리까지 들리자 그제야 샤스틸은 제정신으로 돌아왔다.

"자, 자간?"

설마 이럴 때에 나타날 줄은 몰라서 얼빠진 목소리가 튀어나오고 말았다.

그러자 상대도 알아차린 걸까. 청년의 시선이 샤스틸을 향했다.

환각이 아니다.

그런데 어찌 된 영문인지, 그들 사이에는 이제 겨우 열 살 남짓한 작은 여자아이가 있었다.

"서, 설마……, 너희들, 벌써 아이를 낳는 사이가……?"

샤스틸이 깜짝 놀라 어쩔 줄 몰라하자 청년의 얼굴도 순식간에 빨개졌다.

"파, 파파파파파렴치한 말 하지 마라! 나와 네피는 아직, 그런……."

그리고 옆에 있는 엘프 소녀와 시선을 교환하더니 허둥지둥 고개를 돌렸다.

그 모습이 왠지 자랑하는 것처럼 보여서 샤스틸조차도 한 대 때려주고 싶어졌다.

두 사람이 동요하고 있자 여자아이가 샤스틸을 가리켰다.

"자간, 이건 누구야?"

혀 짧은 말투였지만 그 목소리에는 신뢰와 친애가 담겨 있었다.

청년은 아이에게 고개를 끄덕이더니 샤스틸을 똑바로 마주 보고 섰다.

그 눈동자에 깃들어 있는 것은 반가움일까, 아니면 복잡한 입장인 상대에 대한 껄끄러운 마음일까. 샤스틸도 무의식적으로 침을 꿀꺽 삼켰다.

그리고 청년의 입에서 나온 말은――

"그러고 보니 그렇군. 넌 누구지?"

뚝, 자신 안에 있는 무언가가 끊어지는 소리가 났다.

――설마 전혀 기억하지 못할 줄이야……!

아무리 그래도 이건 너무 심하지 않은가?
눈물을 참을 수 없었다.

때는 며칠 전으로 거슬러 올라간다.

"——〈마왕의 각인〉——이라."

새 장서가 들어온 서고에서 자간은 혼자 그 이름을 중얼거렸다.

이곳은 자간이 가진 성의 서고였다. 원래 제법 많은 양의 장서들이 있었지만, 지금은 서가에 다 넣지 못한 책들이 바닥에 쌓여 있다.

보름 전, 자간은 선대 〈마왕〉 마르코시어스의 유산을 계승했다. 이곳에 쌓여 있는 것은 그 유산 중 극히 일부다. 조사하고 싶은 것들과 관련이 있는 것만 추려서 들고 왔는데도 이 정도였다.

지친 기색으로 앞머리를 쓸어 올리는 자간은 18세 청년이다.

손질도 하지 않은 채 아무렇게나 기른 흑발을 뒤로 묶고 붉은색 천으로 안감을 댄 로브를 걸치고 있다. 은색 눈동자는 안 그래도 인상이 나쁜 얼굴을 더 위압적으로 보이게 만들었다.

자간은 〈마왕〉이라는 호칭을 가진 마술사다.

그리고 지금 자간에게는 반드시 해야 하는 일이 있었다.

"단서를 찾는 게 영 쉬운 일이 아니군."

이 세계에는 마족이라 불리는 '무언가'가 존재하고 있었다. 아니, 모습을 감추고 있을 뿐, 지금도 어딘가에 존재하고 있을 것이다. 얼마 전 자간은 그중 한 놈과 우연히 마주쳤다.

도저히 물리칠 수 있는 상대가 아니었다.

그런데도 자간은 지금 이렇게 살아 있다.

오른손을 들어 올리자 그곳에는 문자 같은 모양을 한 문양이 떠올라 있었다. 이것이 바로 〈마왕의 각인〉이다. 마족은 이 〈각인〉에 머리를 조아리고 복종했었다.

——이 녀석의 정체를 알 필요가 있어.

마족도 물리칠 수 있는 힘. 하지만 자간이 아는 그 어떤 마술 문양과도 달랐다.

선대 〈마왕〉의 유산 중에 단서가 될 만 한 게 있지 않을까 싶어서 뒤져봤지만 성과는 좋지 못했다.

"……후우."

아침부터 이래저래 몇 시간 이상 서가에 있는 책을 꺼냈다가 다시 넣기를 반복하고 있다. 본래 신체 능력은 말할 것도 없고 식욕과 수면까지 자유자재로 제어할 수 있는 마술사에게 피로라는 개념은 존재하지 않는다.

그래도 기력은 소모된다. 매일 같이 이런 일을 하고 있으면 조금은 침울해지기 마련이다.

잠깐 휴식을 취하려고 숨을 내쉬었을 때다.

등 뒤에 있는 문이 살짝 열리는 게 느껴졌다.

——네피인가.

이 성의 유일한 동거인이자 제자이고 시녀이며 자간이 진심으로 사랑하는 소녀의 이름이다.

네피는 엘프라 불리는 종족의 소녀였다.

옛날에는 북쪽 성지의 요정이라고도 불린, 뾰족한 귀가 특징인 일족이다. 그중에서도 새하얀 머리를 가진 네피는 더 강한 마력을 가지고 있다.

그 긴 머리는 진홍색 리본으로 묶여 있고, 작지만 깔끔하게 생긴 얼굴에는 커다란 감청색 눈동자. 가냘픈 팔다리를 감싸고 있는 것은 순백의 앞치마와 원피스로 이루어진 시녀복, 그리고 발에는 피로를 경감시키는 마술을 걸어둔 부츠를 신고 있는 것이 그녀의 평소 차림새다.

창밖에 있는 하늘을 보니 해가 이미 중천을 지나려 하고 있었다. 아무래도 점심 식사 준비가 끝났다고 부르러 온 모양이다.

그러다가 자간이 서가를 살피고 있는 모습을 보고 방해되지 않도록 가만히 있는 듯했다.

그런데 등 뒤의 기척이 조금씩 다가오는 게 느껴졌다.

——혹시 나를 놀라게 하려는 건가?

어떤 사건을 계기로 네피는 자간을 '주인님'이 아니라 '자간 님'이라고 부르게 되었다.

그 후로 거리가 조금 가까워진 것 같다고 할까, 친밀해진 것 같은 느낌이 들었다.

자간을 놀라게 하는 장난을 칠 가능성도 있었다. 그리고 당연히도 자간은 그런 네피의 의도를 방해하는 눈치 없는 짓은 하지 못했다.

——자, 어떤 장난을 치려나?

애써 모르는 척하면서 가슴을 두근거리고 있자, 바로 뒤에 선 기척은 손을 가만히 내밀어왔다.

그런데 자간과 네피의 신장은 머리 하나 정도 차이가 난다. 게

다가 지금은 서가를 뒤지기 위해 사다리 위에 있었다.

"누구게……, 어라? 손이 닿질 않아……."

그녀가 내민 손은 자간의 어깨까지밖에 닿지 않았다.

뒤돌아본 곳에는 열심히 발돋움을 해보았지만 얼굴까지 손이 닿지 않아 울상을 짓고 있는 소녀의 모습이 있었다.

그 목에는 투박한 목걸이가 채워져 있다.

예전처럼 마력을 봉인하는 힘은 없지만 자간과 네피의 소중한 맹세가 담긴 목걸이다.

네피는 뾰족한 귀 끝까지 새빨개졌다.

"어, 저기, 어떻게 할까요……."

어쩔 줄 몰라하며 그렇게 말하는 네피.

그녀의 얼굴은 평소처럼 무표정해 보였지만 입술은 덜덜 떨리고 눈가에도 눈물이 맺혀 있었다. 무엇보다 뾰족한 귀 끝이 수치심을 견디지 못하겠다고 말하는 것처럼 떨리고 있었다.

아무래도 네피 역시 못 견디게 부끄러운 모양이다.

――나야말로 어쩌면 좋을지 모르겠다고!

그대로 끌어안고 뺨을 부비고 싶었지만, 자간은 좋아하는 여자에게 그렇게 대담한 짓을 할 수 있을 만큼 강한 정신의 소유자가 못 되었다.

네피는 앞치마를 꽉 쥔 채 불안하게 눈을 이리저리 굴리며 중얼거렸다.

"저, 지금이라면, 자간 님을 놀라게 할 수 있을 것 같아서……."

"놀라게 해서 어떻게 할 건데?"

"네? 그게, 생각해보지, 않았어요."

그냥 해보고 싶었던 모양이다.

움찔움찔 귀를 떨면서 더듬더듬 대답하는 네피를 보니 자간은 벽에 머리를 박고 싶어졌다.

――점점 더 귀여워지다니, 날 죽일 셈이냐!

그런 짓을 하지 않아도 네가 너무 귀여워서 놀랐다거나, 깜짝 놀란 나머지 그대로 안고 싶어졌다는 등, 하고 싶은 말은 많았지만 심호흡을 하고 마음을 진정시킨다.

그리고 괜히 헛기침을 했다.

"음, 식사 때문에 왔나, 네피?"

"네. 점심 식사 준비가 다 되었습니다, 자간 님."

두 사람 모두 빨개진 얼굴 그대로 서고를 뒤로했다.

평소와 똑같다면 똑같은 광경이었다.

◇

식당은 스무 명은 앉을 수 있는 커다란 테이블도 충분히 들어갈 만큼 컸다.

바닥에는 붉은색 양탄자가 깔려 있고 천장에는 화려한 샹들리에가 달려 있다. 벽에는 난로가 설치되어 있는데 날이 조금 더 추워지면 바로 사용할 수 있도록 되어 있었다.

불과 보름 전까지만 해도 이곳은 온통 거미줄로 뒤덮여 있고 백골 시체와 고문도구가 나뒹구는 공간이었지만, 지금은 눈을 의심할 정도로 깨끗하다. 전부 네피가 깨끗하게 청소해준 덕분이다.

"이곳도 몰라보게 변했어."

자간이 자신도 모르게 중얼거리자 네피가 수줍게 고개를 끄덕였다.

"자간 님이 식사를 하시는 곳이니까요."

"으, 음. 그래도 혼자 청소하는 건 힘들지 않나?"

"아뇨. ……그렇지만 아직 치우지 못한 방도 많아요."

그냥 방이 아니라 더러운 방이겠지.

무거운 물건을 옮길 때는 자간도 도와주지만 이 성의 관리는 기본적으로 네피 혼자 맡고 있었다. 그런데 식사 준비까지 도맡아 하고 있으니 그 부담은 상당할 것이다.

——사역마 같은 거라도 붙여줄 수 있으면 좋을 텐데…….

사람을 고용하는 방법도 있지만 지금은 둘만의 생활을 즐기고 싶었다. 하지만 사역마를 사역하는 마술은 자간의 전문 분야가 아니었다.

어떻게 하면 좋을지 고민하며 자신의 자리로 향했다.

새하얀 테이블보가 깔린 테이블에는 이미 요리 2인분이 놓여 있었다. 옆에는 냄비 같은 것을 올려둔 왜건 테이블이 있었다.

자간은 자신도 모르게 오오, 하고 중얼거렸다.

——레시피가 또 늘어났군.

처음 보는 요리가 몇 가지 있었다.

자간이 테이블 앞에 앉자 네피가 조용히 설명을 시작했다.

"빵은 호밀로 만든 버터롤을 준비해봤습니다. 전채는 토마토와 녹색 채소 샐러드에 시저 드레싱과 치즈가루로 맛을 더해봤고요."

토마토는 네피가 좋아하는 것이다. 즉 자신작이라는 뜻이다. 가만히 보니 귀가 의기양양하게 떨리고 있었다.

참고로 시저는 고대 마술사의 이름이다. 불로불사가 아니라 미각에 집착했던 독특한 마술사로 근대 요리의 기초는 그가 쌓았다고 한다.

이어서 빈 접시에 스프를 따르며 설명을 계속했다.

"스프는 오트밀을 넣은 콘소메 스프입니다. 메인 요리로 새끼양 소테를 준비했으니 함께 드세요."

그러면서 자간 앞에 스프를 담은 접시를 놓는다. 맛있는 냄새가 코를 간질였다. 그런 다음 메인인 고기 요리를 내려놓았다.

평소 같으면 이것으로 끝이었을 텐데 네피는 얼음을 담은 그릇을 꺼냈다.

"마지막으로 디저트로 푸딩을 만들어봤어요."

"푸딩이라는 건 뭐지?"

처음 듣는 이름이었다.

"마뉴엘라 씨에게 배웠어요. 달걀과 생크림을 함께 찐 과자랍니다. ……저, 굉장히 달고, 맛있어요."

네피는 뺨을 살짝 붉히며 그렇게 말했다.

그렇게 기뻐하는 표정을 보니 자간까지 얼굴이 빨개졌다.

"그, 그래. ……그런데 그 점원에게 배웠다니. 뭔가 이상한 말을 들지는 않았고?"

네피는 태연한 얼굴로 고개를 끄덕이더니 가슴에 손을 올리고 이렇게 대답했다.

"괜찮습니다. 조금 부끄러운 옷을 억지로 입은 게 전부인 걸요."

"그게 어디가 괜찮다는 거냐?"

"……? 마뉴엘라 씨에게만 보여줬으니까 괜찮은 것 아닌가요?"

"그런 문제가 아니라……."

이 소녀는 아직도 남을 의심하는 법을 모른다.

——뭐, 그 사람이라면 괜찮겠지만.

예전에 네피가 궁지에 빠졌을 때, 마뉴엘라는 위험을 무릅쓰고 적대적인 마술사가 있는 곳까지 따라왔다. 그런 사람이 네피를 다치게 할 일은 없을 것이다.

게다가 소중한 소녀의 교우관계에 참견하는 것도 영 내키지 않았다.

불안은 씻을 수 없었지만 네피에게도 자리에 앉기를 권했다.

"자, 어서 먹지."

"네."

네피는 고개를 끄덕이더니 자간 옆에 앉았다.

시종 같은 차림을 하고 있기는 해도 자간은 그녀를 하녀나 노예라고 생각하지 않았다. 식사도 이렇게 같이 먹도록 하고 있었다.

갓 구운 빵을 입으로 가져가자 향기로운 호밀의 향과 함께 버터가 입 전체로 퍼진다. 아무리 먹어도 계속해서 침이 고였다.

"하아……. 식사라는 게 이렇게 맛있는 것이었구나."

"자간 님은 늘 그렇게 말씀하시네요."

다른 사람이 보면 평소처럼 무표정하게 보일지도 모르지만, 자간은 네피의 입가가 살짝 풀어지는 것을 놓치지 않았다.

자간이 네피를 산 지도 벌써 한 달이 지났지만 두 사람은 식사를 할 때마다 늘 이런 대화를 나누었다.

자신도 스프를 입으로 가져가며 네피가 물었다.

"자간 님, 요즘은 어떤 걸 조사하고 계시나요?"

"음……? 음, 얼마 전에 발바로스와의 일로 '마족'이라는 것과 맞닥뜨렸잖아? 그놈들에 대해 알아보고 있지."

"어려운 일인가요?"

"글쎄. 마르코시어스의 유산 중에도 핵심에 접근한 정보는 영 찾기가 힘들군. 아무리 그래도 천 년이나 살아온 〈마왕〉이 마족에 대해 관심을 가지지 않았을 리 없는데 말이야."

아니면 핵심에 접근했기 때문에 감춰져 있는지도 모른다.

——마르코시어스의 성을 한 번 더 조사하는 게 좋을지도 모르겠군.

자간은 〈마왕의 각인〉과 함께 마르코시어스의 유산을 승계했다. 유산에는 재산뿐만 아니라 그 〈마왕〉의 성과 지식도 모두 포함된다.

하지만 거기에 뭐가 있는지는 자간 스스로 조사해서 밝혀내야만 했다.

자간의 시선이 자신의 오른손을 향한다.

──어디서 이것과 비슷한 문장을 본 적이 있는 것 같은데…….

그것도 비교적 최근에 말이다.

자간은 고민을 거듭하며 고개를 갸웃거렸다.

"그나저나 어쩐 일이지? 네피가 그런 걸 다 묻고. 흥미가 있는 건가?"

"아뇨, 최근 들어 조사에 집중하느라 자간 님이 피곤한 얼굴이신 게 마음에 걸려서……."

──그래서 아까 나를 놀라게 하려고 했던 건가.

네피 나름대로 자간의 기운을 북돋워줄 요량이었던 모양이다.

그 배려만으로도 이미 마음은 따뜻함으로 가득 채워진 기분이었지만 자간은 흥 하고 콧방귀를 뀌었다.

"누가 뭐래도 상대는 선대 〈마왕〉이다. 그렇게 금방 모든 게 밝혀지면 재미없지. 어디까지 애를 먹일지 아주 기대하고 있어."

"네."

무의미한 허세라고 하기도, 악담이라고 하기도 애매한 말이 또 튀어나왔지만 네피는 모든 걸 다 안다는 것처럼 그렇게 대답했다.

──왜 난 이럴 때 '고맙다'라고 말하지 못하는 걸까…….

그러는 동안 요리가 담긴 접시는 텅 비었고 네피는 마지막으로 디저트를 내왔다.

"드세요."

"음, 그래."

네피가 내민 푸딩이라는 음식은 젤라틴 재질로 된 탱글탱글한 물체였다. 그리고 그 위에 새까만 캐러멜 소스가 부어져 있다.

——이건 무슨 음식이지?

네피를 만나기 전까지는 말린 고기와 우유만이 식사다운 식사였던 자간에게는 그야말로 미지의 물체였다.

질감을 보면 삶은 달걀과 비슷하지만 테이블이 흔들리기만 해도 전체가 흔들리는 탓에 스푼으로 찌르면 금방 으스러질 것처럼 아슬아슬했다. 분명 쪘다고 했는데, 찜 요리인지 아니면 그냥 날 것인지 구분이 가지 않았다.

어떻게 공략하면 좋을지 고민하고 있자 네피가 작은 스푼을 가리켰다.

"거기 있는 스푼으로 드시면 돼요."

"……알았다."

마음을 단단히 먹은 다음, 스푼으로 푸딩 끝부분을 살짝 떠본다. 탱글탱글한 연갈색 푸딩이 무리 없이 스푼 위에 올라간다. 거칠게 다루면 뭉개질 것 같아서 천천히, 신중하게 입안으로 가져간다. 그리고——,

"——음, 달군."

"네!"

마음이 놓인 것처럼 고개를 끄덕이는 네피.

——세계는 넓다. 이렇게 달고 행복한 맛이 존재했다니.

눈자위가 뜨거워진다. 자신도 모르게 눈물까지 치밀어 올라 얼른 고개를 들었다.

그와 동시에 지금 자신이 해야 하는 **또 하나**의 일을 떠올렸다.

그때였다.

쾅 하는 소리와 함께 성을 지키는 결계가 깨졌다.

◇

"……응? 손님이 왔나 보군."

자간은 아무렇지도 않게 중얼거렸다.

그는 이 성을 중심으로 자신의 영지에 마술 결계를 쳐두었다. 평범한 인간이라면 가까이 다가오는 건 고사하고 성의 존재조차 지각하지 못한다. 그 결계를 깨면 그 다음에는 흉악한 마술 함정을 파두었는데, 침입자는 그것조차 파괴하고 접근하는 중이었다.

――제법 솜씨가 좋은 것 같군.

네피는 그 점을 어디까지 이해하고 있는지 작은 새처럼 고개를 갸웃거렸다.

"마중 나갈까요?"

"……아니, 됐어. 지금은 식사하는 중이다. 그냥 놔둬."

느긋하게 대답하는 건 이번이 처음이 아니기 때문이다.

그리고 이것이 바로 현재 자간이 해결해야 하는 또 하나의 문제였다.

――〈마왕〉이 된 후로 매일 같이 '손님'이 찾아온다.

자간은 지금 18세이지만 몇 백 년을 살아가는 마술사들 입장에서 보면 풋내기에 지나지 않았다. 그런 그가 〈마왕〉의 자리를 이

어받게 된 것을 탐탁지 않게 생각하는 사람은 쓸어 담고도 남을 정도로 많았다. 날마다 몇 명씩이나 오는 건 아니지만 이틀에 한 명 꼴로는 찾아오고 있다.

주된 침입자는 자신의 역량을 착각하고 있는 마술사와 교회의 성기사다.

……덧붙여 〈마왕〉이 되고 나서 제일 처음 찾아온 기념비적인 침입자 제1호는 자신의 역량뿐만 아니라 적의 정체도 착각한 교회의 세 기사였다.

전에는 떨어지는 불똥 따위는 신경도 쓰지 않았다.

하지만 이제부터는 다르다.

지금은 네피가 있다.

자간이 처음으로 사랑에 빠졌고, 그리고 자간에게 행복이라는 것을 가르쳐준 이 소녀가 있다.

자간에게는 별 것 아닌 불똥이라도 네피에게 닿으면 화상을 입을지도 모른다.

――그런 바보들은 뿌리를 뽑아야지.

이것은 네피가 밝은 햇살 아래에서 살아가기 위해 필요한 첫 걸음이기도 하다.

자간에게 덤비는 것이 얼마나 수지가 맞지 않는 일인지 알게 해주면 필연적으로 네피에게 손을 대려는 멍청한 놈들도 사라질 것이다.

그러기 위해서는 우선 이번처럼 자신의 역량을 착각하고 덤벼드는 멍청한 놈을 살려주지도, 그렇다고 죽이지도 않은 채 자근자

근 짓밟아서 고통을 주는 것으로 공포와 절망을 새긴 다음 쫓아내야 한다.

죽은 인간은 공포를 알리고 다니지 못하기 때문이다.

그런데 자간은 네피 옆에서 푸딩만 맛보고 있었다.

——놈이 덫에 걸리는 편이 네피에게 험한 꼴을 보여주지 않고 따끔한 맛을 보여줄 수 있으니 훨씬 낫겠지.

자간은 네피 앞에서 잔인한 일을 벌이는 걸 좋아하지 않는다.

이 마음씨 착한 소녀는 별 시답잖은 놈들의 죽음에도 가슴 아파할 테고, 괜히 그녀에게 겁을 주게 될지도 모르기 때문이다.

——그런 모습을 보였다가 미움을 사게 되면 재기 불능 상태에 빠질 것 같기도 하고.

그래서 자간은 자리에서 일어나지 않고 계속 둘만의 식사 시간을 즐겼다.

——하지만 이번 녀석은 여기까지 올지도 모르겠군.

현재 진행 중인 침입자는 자간의 결계에 걸린 게 아니라 결계를 파괴했다. 그렇다면 다른 결계도 깨고 성까지 올지도 모른다.

아직 한 입 밖에 먹지 않은 푸딩을 지키듯 신중하게 스푼을 놀린다. 이렇게 맛있는 음식을 허겁지겁 먹어치우는 짓은 할 수 없다. 침입자가 다가오고 있었지만, 자간은 한 입, 한 입 진심을 다해 맛보았다.

"음. 정말 맛있군."

"감사합니다. 그런데 괜찮을까요? 그 손님이라는 분이……."

침입자를 신경 쓰는 것이리라. 네피가 안절부절못하며 말했다.

"어차피 늘 있는 일이다. 식사 중에 찾아온 놈이 나쁜 거지. 신경 쓰지 마."

"네에."

네피는 당황한 듯 대답했지만 그 이상 아무 말도 하지 않았다.

그 대신 빵을 찢어 우물우물 입을 움직인다. 그녀는 입이 작은지 먹는 게 느리다. 그런 네피가 서둘러 먹으려고 안간힘을 쓰는 모습을 보는 것도 비밀스러운 즐거움 중 하나였다.

그렇게 절반 정도 먹었을 때였다.

폭발음과 함께 성문이 부서졌다.

"……성미 급한 손님이군."

보아하니 자간이 설치한 함정의 결계를 모두 깬 모양이다. 침입자도 기척을 통해 자간과 네피가 있는 위치를 파악한 것 같았다. 곧장 식당을 향해 오고 있다.

"……하아."

문 정도는 부서져도 마술로 고칠 수 있지만 음식에 먼지가 들어가는 것까지는 막지 못한다.

어쩔 수 없다는 듯 자간이 허공에 대고 손가락을 흔들자 식당 문이 저절로 열렸다.

그곳에서 나타난 사람은 가면을 쓴 괴인이었다.

뱀 비슷한 모양을 한, 어딘가의 민족 의상을 연상시키는 가면이다. 전신은 칠흑의 로브로 뒤덮여 있고 후드를 푹 눌러 쓰고 있어서 어떤 인종인지 확실치 않다. 로브 소매 사이로는 투박하게 생긴 갑주에 감싸인 팔다리가 보인다.

괴인은 자간이 직접 맞아줄지 몰랐는지, 주춤한 채 가만히 서 있었다.

——크군.

자간의 신장은 평균 성인 남성 정도인데 괴인은 그보다 머리 하나 정도는 더 컸다.

이윽고 괴인은 결심을 굳힌 듯 중얼거렸다.

「네놈이 〈마왕〉 자간이냐.」

괴인은 분명치 않아서 알아듣기 힘든 목소리로 그렇게 물었다.

"다른 사람의 이름을 물을 때는 자신부터 이름을 밝혀야 하는 것 아닌가? ……그나저나 꽤 눈에 익은 모습이군. 〈망령〉 월포레였던가?"

이 정도로 이상한 외모는 한 번 보면 잊을 수 없다.

네피를 만난 불법 경매장에서 본 마술사 중 한 명이 분명했다. 당시의 마왕 후보 중 한 명이라고 악우(惡友)인 발바로스가 가르쳐 줬었다.

그때는 대충 흘려들었는데 설마 이런 곳에서 만나게 될 줄이야.

월포레는 갑주에 감싸인 손가락을 내밀었다.

「〈마왕〉 자간, 네놈을 쓰러뜨리고, 그 힘을, 받아가겠다.」

마술사치고는 보기 드물게 솔직하고 서투른 말이었다.

하지만 자간은 월포레에게는 눈길도 주지 않은 채, 공포를 새겨 넣듯이 살기를 담아 이렇게 말했다.

"지금은 식사 중이다. 거기서 좀 기다리고 있어."

「윽…….」

월포레는 예사롭지 않은 기백을 담아 말하는 자간에게 압도된 것처럼 뒷걸음쳤다.

……그러는 중에도 자간의 손은 작은 스푼을 쥐고 푸딩을 떠먹었다.

——네피가 만들어준 이 푸딩은 마지막 한 조각까지 음미하고 싶다.

바보 취급하고 있는 것처럼 들릴지도 모르지만 자간은 아주 진지했다.

식사 시간을 방해 받은 것에 대한 짜증도 있었다. 〈마왕〉의 위엄이 실린 그 한마디에 월포레는 견디지 못하고 무릎을 꿇었다.

그 순간 네피가 조마조마한 목소리로 속삭였다.

"자간 님, 입맛에 맞으시면 다음에 다시 만들어드릴까요?"

"그건 좋지만 여기서 스푼을 내려놓을지는 다른 이야기다."

그렇게 대답하자 월포레가 으드득 하는 소리를 내며 이를 악물었다.

「나를, 뭘로 보고……!」

가면을 쓴 괴인이 팔을 들자 마술의 빛이 일렁인다.

적어도 자간을 〈마왕〉으로 인정하고 도전해온 것이다. 자신이 가진 최대한의 마술을 사용한 것이리라.

하지만 아무 일도 일어나지 않았다.

「…….」

갑자기 가면 속에서 동요하는 기척이 느껴졌다.

“마술사의 영지로 쳐들어갈 때는 상대에 대한 정보 정도는 조사해두지그래? 내 통칭은 〈마술사 킬러〉다. 마술은 나한테 통하지 않아.”

자간은 타인의 마술을 ‘먹어치운다’.

자신의 영지 내라면 어디에 있든 마술을 봉쇄할 수 있다. 이 괴인이 아무리 뛰어난 마술사라도 마술사인 이상 승산은 없다.

스푼으로 푸딩을 뜨면서, 자간은 한숨 섞인 말을 내뱉었다. 마지막까지 맛을 음미하면서 먹고 싶었다. 이 정도에서 힘의 차이를 깨닫고 돌아가주길 바랐다.

——통칭을 가진 마술사가 아무것도 못한 채 돌아갔다는 사건도 그것 나름대로 힘을 알릴 수 있는 방법이기도 하기 때문이다.

일단 푸딩에 눈이 어두워 목적을 잊은 건 아니다.

그런데 오히려 포레는 칭찬의 말을 쏟아냈다.

「역시 〈마왕〉은 다르군.」

그렇게 외치자마자 괴인의 두 팔이 변했다. 강철 갑주는 딱딱한 비늘로 변하고 손가락 끝은 말뚝 같은 손톱으로 변했다.

그 굵은 팔과 손톱에서는 마술에 의지하지 않아도 바위 정도는 간단히 부술 수 있을 것 같은 힘이 느껴졌다.

——이건 마술이 아니군…….

마법진을 구동하는 힘의 흐름에는 아무 변화도 일어나지 않았다. 주문이나 부적으로 대체한 게 아니라 마력의 흐름 자체에 변화가 일어나지 않은 것이다.

이 세상에는 인간 외에도 무수한 지혜를 가진 종족이 존재한다. 짐승의 발톱과 이를 가진 수인족이나 날개를 가진 익인족 등.

그런 종족의 발톱과 이는 마술이 아니기 때문에 마술을 봉인하는 **방법**으로는 막지 못한다. 월포레의 팔에 나타난 변화도 그런 부류인 셈이다.

그중에서도 괴인의 팔이 변한 모습은 용의 팔이었다.

용은 엘프와 마찬가지로 전설 속에 등장하는 신화적인 생물이다. 이 또한 하계와의 접촉을 끊은 종족으로 인간보다 뛰어난 지혜와 마술을 가지고 있으며 엘프마저 능가하는 마력을 자랑한다고 한다. 나이가 들면 신이나 마족과도 나란히 거론되는 존재다.

――그런데 용치고 힘이 약하군. 용의 힘을 얻은 마술사인가?

어느 쪽이든 마술적 구조에서 벗어난 힘을 가지고 있는 것 같다. 이게 바로 이 괴인이 〈마왕〉에게 도전하려고 한 근거인 걸까.

월포레는 식당 안으로 뛰어들더니 용의 발톱으로 공격해왔다.

"식사 중이라고 말했을 텐데? 상대라면 나중에 해줄 테니까 조금 더 기다지 못하겠나?"

하지만 자간은 그런 용의 발톱을 한 손으로 막았다. 게다가 손에 들고 있던 스푼은 입에 물고 왼손으로는 푸딩을 소중히 지키고 있었다.

가면 속에서 월포레의 눈이 휘둥그레지는 것이 느껴졌다.

그래도 괴인은 포기하지 않았다.

「나를 바보 취급하는 거냐!」

가면의 입이 쩍 벌어진다.

그곳에는 마력의 빛이 모여 있었다.

전설에서는 이렇게 말한다. 용이라는 생물은 체내의 마력을 연소시켜 빛으로 된 입김을 내뿜는다고.

월포레가 내뿜으려는 것이 바로 그것이었다. 그리고 용의 입김은 자간도 막을 방법이 없다.

자간이 굳은 얼굴로 외쳤다.

――어리석은 놈. 나는 분명 경고했다!

"음식에 먼지가 들어가잖아. 적당히 하란 말이다!"

소리 내서 할 말과 속으로 생각하던 진심이 바뀐 것 같았지만, 자간은 발톱에서 손을 떼자마자 그대로 손을 뻗어 가면의 입을 강제로 닫았다.

입김의 마력이 흩어졌다. 손바닥으로 막아서 밀어내자 그 충격은 바로 밑에서 뇌를 뒤흔들어 괴인의 거대한 몸을 허공에 날려버렸다.

네피가 깜짝 놀라 얼굴을 가렸다. 머뭇거리며 감청색 눈동자를 뜨자 때마침 쿵 하는 묵직한 소리를 내면서 괴인이 쓰러지는 참이었다.

용의 발로 변했던 팔다리가 원래의 갑주로 돌아오고 가면에도 투두둑 균열이 생겼다.

아무래도 정신을 잃은 모양이다.

방해꾼이 침묵한 것을 확인한 자간은 흥 하고 콧방귀를 꼈다.

──나도 성질 참 많이 죽었군.

예전 같으면 이런 놈은 벌써 다진 고기가 되고도 남았다. 그런데 적당히 봐줘서 기절시키는 정도에서 끝내다니, 보름 전에는 상상도 할 수 없는 일이었다.

이 또한 전적으로 네피와의 생활이 자신을 바꿨기 때문이다.

자간은 지금의 이 행복이 얼마나 기적적인 것인지 곱씹듯 중얼거렸다.

"결계를 좀 더 강화하는 게 좋겠군. 앞으로 이런 놈들이 더 늘어나겠지."

일방적으로 때려눕히긴 했지만 이 월포레는 결코 약한 마술사가 아니었다. 얼마 전의 자간이라면 정면으로 싸워도 이긴다는 보장은 없었을 것이다.

그런 그를 간단히 쓰러뜨릴 수 있었던 건 자간이 강해졌기 때문이다.

〈마왕의 각인〉에 마르코시어스의 유산까지. 마술이라는 건 쌓인 지식만큼 강해진다. 〈마왕〉의 자리를 승계한 자간의 힘도 비약적으로 강해졌다.

한숨을 쉬고 있자 네피가 파랗게 질린 얼굴로 자리에서 일어났다. 식사도 멈추고 괴인이 있는 곳으로 달려갔다.

"네피, 그냥 놔둬. 식사가 끝날 때까지는 일어나지 않을 거다."

"아뇨, **이 아이**, 어쩌면……."

네피가 괴인을 안아 올리자 팔다리가 툭 떨어졌다.

"──?"

자간도 그 광경에는 할 말을 잃고 말았다.

——어? 아니, 그냥 때리기만 했는데? 팔다리를 잡아 뜯지는 않았다고!

네피가 보는 앞에서 잔인하게 죽인 시체는 만들지 않겠다고 맹세했는데, 그 맹세를 깨버린 걸까.

어쩔 줄 몰라 하고 있자 네피는 '역시……'라고 중얼거리며 금이 간 가면을 벗겨냈다.

"자간 님, 이 사람, 아직 어린아이예요."

가면 속에서 나타난 것은 이제 겨우 열 살 남짓한 앳된 얼굴이었다.

그것도 여자아이다.

봄의 새싹처럼 연한 녹색 머리. 눈을 감고 있어서 눈동자 색은 알 수 없지만 긴 속눈썹을 가지고 있다. 입술은 싱그러운 분홍색, 두꺼운 로브에 감싸여 있기 때문인지 뺨은 홍조를 띠고 있었다.

갑주를 걸친 팔다리도 사실은 가짜였다. 텅 빈 갑주를 마술 같은 것으로 조종하고 있었던 것 같다.

그제야 자간도 자신이 무슨 짓을 한 건지 깨달았다.

——설마 내가 작은 여자아이를 때려서 기절시킨 건가?

왜 어린애가 용의 힘을 가지고 있는지, 마술사 흉내를 내고 있는 건지, 애당초 이 녀석이 진짜 〈망령〉 월포레가 맞는지, 의문은 몇 가지나 떠올랐다.

하지만 성질이 많이 죽었다며 흡족해 하고 있을 때가 아닌 것만은 분명했다. 자간은 동요를 감추듯 입을 열었다.

"후우……. 다, 당, 당황하지 마, 네피. 신경이 쓰인다면 치료를 해주면 되니까. 음, 그래, 감기약이 어디 있었던 것 같은데. 그리고 죽지는 않았지? 아직 살아 있는 것 맞지? 우선 침대가 있는 방으로 옮길까?"

"진정하세요, 자간 님. 그리고 다친 사람에게 감기약은 아무 소용없어요."

네피는 동요를 감추지 못하는 자간에게 타이르듯 말했다.

그리고 이마에 가만히 손을 대보더니 작게 고개를 끄덕였다.

"괜찮습니다. 정신을 잃은 것뿐이에요. 다치지도 않은 것 같고요."

"지, 진짜냐? 진짜지? 안 죽은 것 맞지?"

"네."

그제야 자간은 가슴을 쓸어내렸다. 그 모습을 네피가 왠지 의외라는 듯 올려다보고 있었다.

"왜, 왜 그래?"

"아뇨, 자간 님은 역시 좋은 분이신 것 같아요."

"뭐……?"

자간이 눈을 동그랗게 뜨자 네피는 월포레를 안아 올리려 했다. 상대는 작은 여자아이지만 가냘픈 팔을 가진 네피가 들어 올리기에는 힘겨워 보였다.

어쩔 줄 몰라 하고 있자 자간이 대신 번쩍 들어 짊어졌다.

"이러면 되나?"

"네."

"거 참, 손이 많이 가는 침입자군."

투덜투덜 불만을 쏟아내면서도 네피가 보는 앞에서 어린애를 때렸다는 사실에 동요하고 있자, 소녀도 바싹 달라붙듯 자간의 옆을 따라왔다.

그것이 둘만의 생활에 찾아온 최초의 변화였다.

"샤스틸 릴키비스트——그대의 성기사장으로서의 권한을 무기한 동결한다."

직속상관인 추기경의 말에 샤스틸은 잠자코 머리를 숙였다.

그 옆에 그녀의 상징인 성검의 모습은 없다. 지금은 주인 없는 성검이 되어 교회의 보물고에 안치되어 있었다.

사건의 발단은 보름 정도 전에 일어난 일이었다.

한동안 공석이었던 13번째 〈마왕〉의 자리를 자간이라는 젊은 마술사가 손에 넣은 것이다.

당연히 교회는 자간이 미숙한 지금 그를 제거하기 위해 병력을 모으기 시작했다.

거기에 반발한 사람이 바로 샤스틸이었다.

'마술사 자간은 두 번이나 내 목숨을 구해주었다. 그런 그를 배신할 순 없어.'

좀 더 우회적이고 영리한 방법이 분명 있었을 것이다. 하지만 자간은 〈마왕〉이라는 강대한 힘을 직접 보고서도 자신의 삶의 방식을 바꾸려 하지 않았다.

그런 그를 본 샤스틸은 자신이 부끄러웠다.

——그러니 이제는 내 생각을 굽혀가면서까지 그와 싸우고 싶지는 않아.

교회의 최대 전력인 성검의 소유자이자 홍일점이라는 점까지 더해 대중의 열렬한 지지를 받고 있던 샤스틸이 배교(背教)라고도 부를 수 있는 행동을 취한 것이다.

그렇게 되니 자간 토벌이 문제가 아니었다. 결국 현 추기경이 권항 동결을 선고하기에 이르렀다.

즉, 이는 자간의 토벌조차 교회에 있어서는 권력 과시 이상의 의미가 없었다는 증거이기도 했다.

그저 마술사를 악으로 규정함으로서 자신들을 정당화하고 있는 것뿐이다.

그렇기 때문에 강대한 마술사의 등장보다 같은 편의 배반을 문제시한다.

——교회의 부패도 갈 데까지 간 건지도 몰라.

한숨을 억누르고 있자 뒤에 대기하고 있던 성기사들이 소리를 높였다.

"기다려주십시오, 크라벨 예하! 이 결정은 너무 지나칩니다."

"그렇습니다! 샤스틸 님이 지금까지 쌓아 오신 공적을 생각하면 정상참작의 여지는 충분히 있다고 생각합니다."

"게다가 새로운 〈마왕〉이 나타난 현 상황에서 성검이 빠지다니, 이는 혼란을 부추길 뿐입니다!"

"——모두 그만들 해!"

기사들의 반발에 샤스틸은 큰 소리로 외쳤다.

그제야 조용해진 성기사들을 바라보며 늙은 추기경은 침통한 한숨을 흘렸다.

"이 결정을 내리는 데 있어 내가 아무것도 느끼지 못하는 것처럼 보이나?"

"그건……."

예전보다 더 늙은 것 같은 추기경은 한탄하듯 중얼거렸다. 그러자 성기사들도 잠자코 있을 수밖에 없었다.

──나는 그저 내 손이 닿는 범위 안에 있는 사람들을 지키고 싶어서 성기사가 된 것뿐인데…….

성검이라는 힘을 부여받아 마술사들에게 불합리한 괴롭힘을 당하는 민초들을 지키는 자신에게 긍지를 품고 있었다.

그런데 어느 순간부터 '반드시 이래야 한다'라는 교회의 명령에만 따를 뿐, 자신의 의지로 검을 휘두르는 것조차 못하게 되었다.

고작 한마디, 마술사는 악이 아니라는 말을 했을 뿐인데 이런 사태가 벌어졌다.

──그래도 이번 일로 자간에게 진 빚은 갚은 셈인가.

적어도 토벌대의 편제는 많이 늦어지게 되었다. 그 꼼꼼한 마술사가 교회에 맞설 대책을 가지고 있지 않을 리 없으니 그들의 생활을 지키는 데 조금이나마 도움이 되었을 것이다.

문득 자간 옆에 있던 엘프 소녀가 떠오른다.

그녀는 마술사의 시녀라는 자리에 있으면서도 샤스틸을 친구처럼 대해주었다. 성기사가 되지 않았다면 그녀와도 사이좋게 지낼 수 있었을까.

새삼 그런 생각이 들었다.

그런 샤스틸의 어깨에 추기경이 가만히 손을 올렸다.

"샤스틸, 그렇게 체념한 표정은 짓지 마라. 시간이 흐르면 그대에 대한 처벌도 철회시킬 수 있을 테니."

희망을 심어주려는 그 말에 샤스틸의 눈이 휘둥그레졌다.

"그건, 무슨……?"

추기경은 마치 사랑하는 딸을 지켜보는 것처럼 샤스틸을 바라봤다.

"성검은 자신의 의지로 그 소유자를 선택한다. 성검의 선택을 받은 그대를 규탄하는 행위는 원래라면 있을 수 없는 일이지. 그러니 지금은 참고 견디게. 이 늙은이가 반드시 어떻게든 해볼 테니."

"……과분한 말씀이십니다."

샤스틸은 조용히 대꾸할 뿐이었다.

――교회는 이미 본연의 모습을 잃었어. 그렇지만 아직은 구원의 여지가 있을지도 몰라.

적어도 샤스틸을 인정해주는 사람이 여기 한 명 있으니까.

자신도 모르게 눈시울이 뜨거워졌지만, 추기경의 표정은 험악했다.

"하지만 명심하게, 샤스틸. 내가 그대를 지켜줄 수 있는 건 정치적인 면뿐이야."

"……무슨 말씀이신지요?"

크라벨 추기경은 다시 침통한 한숨을 흘리더니 어두운 목소리로 이렇게 말했다.

"성기사장 중 최공(最恐)이라 불리는 남자, 라파엘 휴랜더——그대와 같은 성검 소유자가 이곳으로 오고 있네."

그 이름을 들은 샤스틸은 숨을 삼켰다.

대략 쉰이 넘는 나이에도 여전히 무용담을 갱신하고 있는 위인이다. 검술은 말할 것도 없고 그 잔인함으로 인해 '최공(最恐)'이라는 두 글자로 불리고 있다고 한다.

크라벨의 이야기는 조용히 이어졌다.

"성검 소유자를 비판하는 일은 있어선 안 되겠지만, 그 남자에 관해서는 나도 좋지 않은 소문을 들었네."

최공(最恐)이라 불릴 정도의 남자가 배교자(背教者)인 샤스틸이 있는 곳으로 온다.

——숙청——.

피로 물든 두 글자가 떠올랐지만 크라벨의 말은 그것과는 다른 것이었다.

"자신에게 동조하는 사람들을 모아 교회 내에 새로운 세력을 만들려고 한다더군."

그 말을 듣자 샤스틸도 눈을 커다랗게 뜰 수밖에 없었다.

그 세력의 규모가 어느 정도 되는지는 모르지만 마술사를 악으로 단정 짓는 것이 교회다. 성기사와 사제들 중에도 동조하는 사람은 많을 것이다.

최공의 성기사장이 더 큰 권력을 가지게 된다. 그런 그가 지금 이 타이밍에 이곳에 온다는 건…….

——자신의 힘을 보여주기 위한 것인지도 모른다.

성검 소유자의 배교는 교회 역사에 길이 남을 오점이다.

그러한 배신자를 같은 성검 소유자가 베게 되면 그 소문은 격진(激震)이 되어 전 세계로 퍼져갈 것이다. 그리고 교회는 크게 흔들리게 될 터.

——하지만 내 의지대로 행동했을 뿐이야.

자신의 미래에 어둠이 드리웠을지도 모르지만 후회는 하지 않았다.

◇

"여기, 는……?"

살짝 눈을 뜬 소녀——월포레는 멍한 얼굴로 중얼거렸다.

그곳은 성에 있는 한 방이었다.

이곳 또한 얼마 전까지는 정체를 알 수 없는 생물의 표본과 그것들을 이용해 실험하기 위한 실험관 등이 여기저기 흩어져 있었지만, 지금은 간소한 가구와 침대가 놓인 훌륭한 객실로 변했다.

자간을 찾아오는 자들은 지식과 지위를 노리는 자객이나, 그렇지 않으면 그에게 당해서 원한을 품은 악당 정도밖에 없다. 그래서 손님방 따윈 필요 없다고 생각했는데 네피는 '발바로스 님이 오시잖아요'라며 깨끗하게 정리정돈을 했다.

그 악당 녀석에게 네피가 깨끗하게 치운 방을 사용하게 해줄 생각은 없지만 다른 손님이 올 수는 있다.

――네피의 친구가 올 가능성은 없지 않으니까.

점심식사 때도 이름이 나왔던 큐아노에이데스의 옷 가게 점원 마뉴엘라와 어디에서 알게 됐는지 모르는 성기사 샤스틸이 바로 그 친구들이다.

그녀들이 찾아오면 자간도 무턱대고 쫓아낼 수는 없다.

그런 객실에서 자간과 네피는 나란히 월포레의 용태를 지켜보고 있었다.

밖에서 본 황폐한 성의 모습과는 어울리지 않게 깔끔한 방에 소녀는 상황이 파악되지 않는지 이리저리 시선을 움직였다.

그 모습을 본 자간은 내심 안심했다.

――아, 다행이군. 살아 있었어.

일단 네피가 살아 있다는 걸 확인해주었고 잠들어 있는 동안에도 숨을 쉬고 있기는 했지만 제대로 깨어날지 불안했다.

자간은 기본적으로 가능한 한 상대를 죽이지 않도록 하고 있다.

네피를 위해서이기도 하지만, 영지 안에서는 그 후의 사체 처리 문제도 있다. 그래서 살짝 괴롭혀서 밖으로 쫓아내는 정도로만 하고 있었는데, 그렇다고 지금껏 굳이 살아 있는지 어떤지를 확인하지는 않았다.

힘을 조절하는 것만큼 자신 없는 일은 없다.

월포레라 불리던 이 소녀는 지금은 갑주도 로브도 벗겨진 채 침대 위에 누워 있다. 거창한 갑주 속에는 낡은 셔츠만 입었을 뿐, 바지도 입고 있지 않았다.

체구가 작은 어린애이기는 해도 갑옷 안에는 최소한의 옷밖에

갖춰 입지 못했던 것이리라.

녹색 머리카락은 세 가닥으로 굵게 땋여 있고, 그 사이로 뒤를 향해 튀어나와 있는 뿔 두 개가 보인다. 이제야 드러난 눈동자는 금색이었고, 키는 기껏해야 자간의 허리 정도 밖에 오지 않았다.

겉으로 볼 때 머리에 난 뿔을 제외하면 인간 소녀와 다를 게 없었다.

"……이 자식!"

그제야 정신이 든 걸까. 월포레는 금색 눈을 커다랗게 뜨더니 벌떡 일어나 자간을 향해 달려들었다.

"……음. 이 정도로 기운이 있으면 아무 문제없겠군."

자간은 소녀의 주먹을 여유롭게 막았다.

주먹이라고 해봤자 부드럽기만 해서 맞아도 간지럽기만 할 것 같았다.

그러나 자간은 그 팔에서 평범한 마술사라면 다진 고기가 되고도 남을 만한 힘을 느꼈다.

——하긴 마술사니까.

마술사가 되고자 하는 자는 우선 자신의 몸을 강화하는 것부터 시작한다. 수명을 연장하고, 바위도 깰 수 있는 힘을 손에 넣고, 병과 수면조차 물리칠 수 있는 몸을 손에 넣는다. 그렇게 해서 자신의 연구를 방해하는 장해물을 제거하는 것이다.

그래서 인간은 마술사를 이기지 못한다.

불과 천둥을 다루지 않아도 완력과 속도만으로 인지를 초월한다. 자간이 주먹을 막지 않았다면 방은 엉망이 되었을 것이다.

그런데 왠지 골치 아픈 분위기였다.

월포레는 〈마왕〉의 자리를 잇기 전의 자간이나 발바로스와 어깨를 나란히 할 정도의 마술사다. 흔히 볼 수 있는 마술사나 도적과는 수준이 다르다. 경계를 늦춰선 안 되는 적이다.

——그렇지만 어린애다.

키도 작고 뺨도 보들보들하고 탱글탱글한, 어디를 어떻게 봐도 어린애다.

위협을 해야 하는지 상냥하게 대해줘야 하는지 잘 모르겠다.

어쨌든 골치가 아프게 됐다.

자간이 주먹을 막아도 '에잇' 하고 위협적인 소리를 내는 월포레의 모습에 자간은 뺨을 벅벅 긁었다.

"음. 네피에게 고맙다고 해라. 난 상대가 어린애라도 봐주지 않으니까. 네피가 네 목숨을 살려달라고 하지 않았으면 지금쯤 목을 잘라 밖에 버렸을 거다."

그 말을 듣더니 그제야 자신을 '살려두었다'라는 사실을 깨달은 모양이다. 자간이 마음만 먹으면 지금 이 순간에도 월포레의 목숨은 날아갈 수 있다.

——네피 앞에서 그렇게 잔인한 짓은 못하지만!

앞으로 내민 주먹에서 그제야 힘이 빠졌다.

"……왜지?"

외모처럼 혀 짧고 앳된 목소리였다. 아까 그 불분명한 목소리는 가면의 힘인가. 인공적인 목소리였던 모양이다.

월포레의 질문에 자간은 고개를 갸웃거렸다.

"왜냐니?"

"난 네 목숨을 노리고 여기 왔다. 적대자인 나를 왜 죽이지 않지?"

자간은 흥미 따윈 없다는 듯 눈썹을 찌푸렸다.

"말했을 텐데? 네피가 널 구했다. 그래서 살려둔 거고. 그게 전부다."

되받아치는 형태였다고 해도 목숨을 빼앗았다면 마음 착한 이 소녀가 얼마나 가슴 아파했을지 자명하다. 죽이기 전에 알아차려서 정말 다행이었다.

——그런데 적의도 증오도 느껴지지 않는군.

아무리 패자라도 일단 적이라면 자간에 대한 증오와 굴욕을 불태우고 있을 텐데.

단순히 전의를 상실한 것뿐인지도 모르지만, 바로 몇 분 전에 자간의 목숨을 노렸던 마술사로는 도저히 보이지 않았다.

오히려 자간보다 월포레가 더 당황한 얼굴을 하고 있었다.

서로 당혹스러워하고 있는 가운데 자간이 질문을 던졌다.

"그나저나 무슨 목적으로 쳐들어온 거냐?"

"……."

〈마왕〉의 힘을 빼앗아 가겠다고 선언했지만 원래 마술사는 힘에 집착하지 않는다.

아니, 힘이라는 것의 **의미**가 다르다고 하면 될까.

마술사가 추구하는 것은 지식과 기술을 향상시킨다는 의미의 힘이다. 타인과 싸우기 위한 힘에는 흥미를 보이지 않는다.

왜냐하면 마술사는 지식을 얻으면 얻을수록 힘도 얻을 수 있기 때문이다. 힘이라는 건 지식을 얻는 과정에서 저절로 따라오는 것이다. 싸우는 힘은 타인을 굴복시키는 데는 유효하지만 지식을 얻는 데는 별로 도움이 되지 않는다.

지식을 얻는 건 힘을 얻는 것과 똑같지만 그 반대는 성립하지 않는 셈이다.

그런데 월포레가 원하는 것은 '싸우는 힘'이었다.

〈마왕〉의 힘이란 〈마왕의 각인〉을 통해 주어지는 방대한 마력이지 지식은 아니다. 발바로스처럼 〈마왕〉의 지위와 재산을 노리는 사람은 있겠지만 '힘'을 원하는 마술사라니, 이해하기 힘든 이야기였다.

힐끗 노려보자 월포레는 겁에 질린 것처럼 딱딱하게 굳었다.

——이렇게 보니 진짜 평범한 어린애군.

아무리 봐도 용의 입김까지 내뿜은 마술사로는 보이지 않았다.

네피가 조마조마하며 지켜보는 가운데 월포레는 신음을 흘리듯 입을 열었다.

"……힘이, 필요했어."

"음. 마술사가 원할 만한 건 아닌 것 같은데?"

마술사가 강해지는 것은 그저 몸을 지키기 위해서다. 불로장수의 연장선상에서 자신의 몸과 재산을 지키기 위해 힘을 가지는 것이다.

그건 수단이지 목표는 아니다.

자신의 목숨을 위험에 노출시켜가면서까지 원할 만한 것은 아니었다.

——물론 이 세상에는 예외라는 것도 있지만.

자간이 한 지적에 월포레는 굴욕을 꾹 눌러 참는 것처럼 중얼거렸다.

"……난, 약하니까. 그래서, 힘이, 필요해."

"그렇군. 살아가기 위해서는 힘이 필요하니까."

마술사의 개념과 모순되는 것 같지만 그 대답을 들으니 납득이 되었다. 자간 역시 불로불사를 위해 죽어라 힘을 갈고 닦아왔기 때문이다.

즉, '지식보다 힘에 집착하는 예외'란 바로 자간을 말하는 것이었다.

그렇다는 것은, 상대는 힘을 빼앗을 대상이 꼭 자간이나 네피일 필요는 없었던 모양이다. 적의와 증오를 품고 있지 않는 건 그런 이유에서일 터.

"그럼 하필이면 왜 나를 노린 거지? 〈마왕〉에게 덤비기에는 준비가 부족하다는 생각은 안 들었나?"

"자간은 신참 〈마왕〉. 게다가 〈마술사 킬러〉라는 통칭이 사실이라면 마술사 외의 사람에게는 약할 테니까."

"그래서 너 정도면 나를 쓰러뜨릴 수 있을 거라 생각했다?"

위압적으로 묻자 월포레는 고개를 끄덕였다. 그 손은 가늘게 떨리고 있었다.

——왠지 약한 자를 괴롭히고 있는 것 같은 기분이 들기 시작했잖아.

썩 좋은 기분은 아니다. 목숨이 위험에 처했던 건 자간인데 나쁜 짓을 하고 있는 듯한 느낌이 들었다.

이 상황을 어떻게 표현하면 될까. 어쨌든 썩 기분이 좋지 않다.

"네 생각은 틀리지 않았지만 나를 죽이기에는 너무 약한 것 같군."

"……!……."

윌포레는 아무 대답도 하지 않았지만 입술을 꽉 깨물었다.

자간은 깍지를 낀 손으로 뒤통수를 받치고 기대앉더니 제일 신경 쓰이던 질문을 던졌다.

"——그런데 너, 용이지?"

윌포레의 몸이 움찔 떨렸다.

"……그래."

"현존하는 개체가 아직 있었다니. 너희는 시간이 흐를수록 인간보다 훨씬 더 강해지는 것 아니었나? 그런데 왜 그렇게 힘을 가지려 하는 거지?"

이 종족은 그냥 살아가기만 해도 인지를 뛰어넘을 만큼 강하게 성장한다. 마술사처럼 지식을 쌓을 필요도 없다. 전승에 따르면 만 년을 산 용은 신까지 먹어치웠다고 한다.

그런 종족이 굳이 승산이 부족한 싸움을 걸어오다니, 마치 인간 같지 않은가.

——아니, 혹시 초조해하고 있는 건가?

어쩌면 지금 당장 강해져야만 하는 이유가 있을지도 모른다.

윌포레는 눈물까지 글썽이며 고개를 숙였다.

"그치만……."

아무래도 다른 사람에게 말하고 싶지 않은 사연이 있는 것 같다. 가냘프게 고개를 숙인 모습은 용은커녕 마술사로도 보이지 않았다.

"아, 그래!"

그 모습을 본 자간은 그제야 이 위화감의 정체를 깨달았다.

——이 녀석, 그거다. 먹을 것을 훔치다가 잡혔을 때의 나와 똑같아!

적이니 원한이니 하는 거창한 이유가 아니다.

그저 배가 고파 죽을 것 같아서 음식을 훔치려다가 실패했을 때, 값나가는 물건을 훔치려고 했더니 상대가 산적이었을 때, 어찌 되었든 더 이상 손쓸 방법이 없는 상황에 처한 아이와 똑같다.

자간의 몸에는 그 기억이 새겨져 있기 때문에 가슴이 아플 만큼 잘 알 수 있었다.

혼자 그렇게 납득하고 있자 네피가 고개를 갸웃거렸다.

"자간 님, 왜 그러세요?"

"아니, 그냥 나 혼자 하는 얘기다."

——아, 그렇군. 어리숙해 보이는 상대를 발견해서 슬쩍 건드려봤다가 가차 없이 두들겨 맞는 바람에 울먹이고 있는, 그런 느낌인가?

'힘이 필요하다'라는 그녀의 말을 '빵이 필요하다'로 바꿔보면 잘 알 수 있다.

배가 고파서 어쩔 수 없었다는 말을 들으면 화를 낼 마음도 사라진다.

물론 이 소녀가 한 일은 잘못이지만 '어떻게 책임질 거냐!'라고 고함을 지르기보다는 나쁜 짓을 한 거라고 야단을 쳐줘야 되겠지.

상대를 그저 마술사나 적이라고만 생각했기 때문에 하마터면 자간까지 이성을 잃을 뻔했다. 전제부터 잘못되어 있었던 것이다.

——그렇다면 이 녀석을 어떻게 다뤄야 하는지도 어느 정도 정해졌군.

갑자기 어깨를 펴고 으스대던 자신이 한심하게 느껴진 자간은 흥 하고 콧방귀를 꼈다.

"뭐, 상관없어. 그보다 감히 〈마왕〉인 나를 죽이려 했겠다? 그에 합당한 벌을 내려야겠지?"

"자간 님, 저기……."

네피가 간청하는 것처럼 그를 불렀지만 자간은 다 알고 있다며 고개를 끄덕여 보였다.

도대체 얼마나 무시무시한 처벌을 상상했는지 결국 월포레는 눈에 눈물까지 글썽이며 떨기 시작했다.

그런 소녀를 단죄하듯 자간은 이렇게 말했다.

"앞으로 일주일 동안 네피의 일을 거들 것을 명령한다!"

"""……네?"""

네피와 월포레 모두 어안이 벙벙한 목소리로 되물었다.

"청소할 일손이 부족하잖아?"

"에, 아, 네."

자간은 고개를 끄덕이는 네피를 향해 자신의 결정에 으스대며 고개를 끄덕여주었다.

"그러니 이 녀석을 네 마음대로 부려도 돼."

월포레는 자간에게 개인적인 원한을 품고 있는 것도 아니고 〈마왕〉의 자리에 집착하는 것도 아니다. 그렇다면 죽일 이유도 없다.

아이에게 내리는 벌이라면 이 정도가 제일 무난할 테고 말이다.

——일을 거들게 하면서 해도 되는 것과 안 되는 것을 가르쳐주면 되잖아.

자간은 거들먹거리며 선악의 개념에 대해 이야기할 입장은 못 되지만, 악당 나름의 상식과 규칙 정도는 가르쳐줄 수 있다. 상대는 어린아이고 자간은 성인의 문턱에 한 발을 내딛은 나이니까.

그래도 똑같은 짓을 반복한다면 그 이후는 자간이 알 바가 아니고, 자간 덕에 사리분별을 할 수 있게 된다면 그건 그것대로 다행인 일이다.

그렇게 말하는 자간의 모습에 월포레는 믿을 수 없다는 얼굴을 하고 이렇게 말했다.

"나를, 잡아먹지, 않는 거냐?"

예상치 못한 말에 자간은 현기증이 일었다.

"……잠깐 기다려. 왜 내가 널 잡아먹는다는 거지?"

자신의 얼굴이 악당처럼 생겼다는 자각은 있지만 그렇다고 어린애를 통째로 잡아먹는다는 말을 듣는 건 도저히 납득이 가지 않았다.

월포레는 어떻게 말하면 좋을지 몰라하며 입을 열었다.

"……인간은 용의 피와 살을 가지면 강해진다. ……그렇게, 들었다."

"아, 그러고 보니 그런 전승도 있었지."

용의 피를 뒤집어쓰면 불사신이 되고, 살을 먹으면 무한한 마력을 얻을 수 있으며, 뼈를 달여서 마시면 만병이 다 낫는다. 예로부터 그런 전승은 많이 존재했다.

실제로 월포레의 팔다리가 용으로 변했을 때, 자간은 그런 마술사일 가능성을 생각했을 정도다.

——그래서 그렇게 겁을 먹고 있었던 건가.

인간이 육식동물에게 먹이로 잡히면 아무리 말이 통하더라도 이젠 죽었다는 생각밖에 들지 않을 것이다.

이 어린 소녀가 가짜 갑주에 가면을 쓴 모습을 하고 있었던 이유도 그 때문이리라. 인간들이 엘프인 네피를 노린 것과 똑같다.

아무리 용이라도 월포레는 아직 어린 개체다. 유룡(幼龍)의 부류에 들어가는 것이다. 성기사나 힘을 가진 마술사라면 쓰러뜨리지 못할 상대는 아니다. 그래서 정체를 숨길 필요가 있었다. 인간의 마술을 사용했던 것도 자신의 몸을 지키기 위해서였다.

그렇게 생각하면 이 소녀가 싸우는 힘에 집착하는 것도 당연한 일이었다.

자간은 흥 하고 콧방귀를 뀌었다.

"내가 바보인 줄 아나? 용이든 인간이든 너 같은 꼬마를 잡아먹다니, 그렇게 뒷맛이 나쁜 짓을 내가 할 것 같아?"

그렇게 말하자 겁을 먹었는지 월포레는 또 눈물을 글썽였다.

——이래서 어린애는 싫다니까…….

그렇지만 자신이 쓰레기 처리장에서 노상강도 짓을 하며 살았을 때 자신을 돌봐준 연상의 아이들이 있었던 게 생각났다.

그들이라면 이럴 때 어떻게 했을까.

분명——,

자간은 작게 한숨을 흘리며 입을 열었다.

"네피, 점심으로 먹은 음식, 좀 남아 있나?"

"네. 빵과 스프가 남아 있어요."

네피는 왜 지금 그런 걸 묻는지 의아한 듯 귀를 떨면서도 대답했다.

자간은 무뚝뚝하게 말했다.

"……이 녀석에게 가져다 줘."

깜짝 놀라 눈을 깜빡거리는 네피의 얼굴에 곧이어 미소가 떠올랐다.

"네! 따뜻하게 데워서 가져올게요."

네피는 종종걸음으로 방을 나갔다.

그 뒤에는 언짢은 얼굴을 한 자간과 어안이 벙벙해 있는 월포레가 남겨졌다.

"……무슨, 생각이지?"

"모르나? 이런 걸 자비라고 한다. 강자가 약자에게 베푸는 동정이라고도 하지."

부드럽게 위로해주는 말도 생각해봤지만 자간의 입에서 튀어나온 건 결국 거만한 말이었다.

옛날에 자간이 부랑아로 지냈을 때, 배가 고파 죽을 지경에 처한 그에게 빵을 나눠준 소년이 있었다. 살기 위해 힘을 원했던 자신은 그 일로 상당히 구원을 받은 것 같은 느낌을 받았다.

——그때 먹은 빵의 맛은 아직도 기억하고 있어.

지금 월포레는 딱히 굶주려 있는 건 아니지만 식사라는 건 긴장을 풀어주는 효과가 있다고 생각한다.

이런 어린애가 자신을 좋아하든 싫어하든 상관없지만, 언제까지고 터무니없는 이유로 겁에 질려 있는 모습은 별로 보고 싶지 않았다. 그래서 그 소년과 똑같은 일을 해주자고 생각한 것이다.

월포레는 화를 내면 될지 아니면 두려워해야 될지 모르겠다는 얼굴을 하고 있었지만, 곧이어 네피가 왜건 테이블에 식사를 담아왔다.

"자, 드세요."

네피가 내민 접시를 본 월포레의 얼굴에 곧이어 굴욕의 빛이 떠올랐다.

"——미리 말해두는데, 난 음식을 우습게 생각하는 녀석을 가장 싫어한다. 특히 네피의 요리를 소홀히 여기면……, 죽을 줄 알아라.”

이건 진심이었다. 월포레는 움찔 떨면서 스프가 담긴 접시를 들었다.

그런 다음 경계를 늦추지 않으면서도 스푼을 들고 스프를 떴다.

“……, 맛있, 어.”

“흠. 당연하지.”

자간이 자랑스럽게 고개를 끄덕이자 네피의 귀가 수줍게 붉은색으로 물들었다.

“과찬의 말씀입니다.”

괜히 자간까지 쑥스러워져서 자리에서 일어났다.

“그럼 난 이만 서고로 돌아가겠다. 너도 그걸 다 먹고 나면 네피의 일을 거들어주도록 해라.”

그대로 방을 나가려고 하자 월포레는 곤혹스러워하는 목소리로 그를 불렀다.

“자, 잠깐.”

“……이번에는 또 뭐지?”

“내가, 이 여자를 공격할 거란, 생각은 안 하는 건가? 아니면 도망칠 수도 있는데?”

“좋을 대로 해.”

자간은 아무 관심도 없다는 듯 대답했다.

“자신의 비밀을 알고 있는 내 앞에서 도망치는 것이 무엇을 의미하는지도 모른다면 그것도 괜찮겠지.”

월포레가 자기 입으로 한 말이다.

유룡(幼龍)은 자칫 잘못하면 엘프보다도 더 사냥의 대상이 되기 쉽다.

——그렇다고 소문을 내고 다닐 생각은 없지만.

하지만 아무 벌도 없이 그냥 풀어주면 지금껏 침입자들을 혼내온 의미가 없어진다.

벌로 청소를 시킨 것도 그런 이유 때문이다. 게다가 네피라면 무엇이 옳고 그른지 부드럽게 잘 가르쳐줄 것이다.

이어서 자간은 시선으로 네피를 가리켰다.

"그리고——."

또 하나의 의문에 대한 답은 지극히 명쾌했다.

"착각하고 있는 것 같은데, 네피는 너보다 훨씬 강하다."

만난 지 얼마 되지 않았을 무렵의 네피라면 몰라도 지금의 그녀는 확고한 삶의 의지를 가지고 있다. 그렇기 때문에 '마법'을 다루는 네피는 성기사를 능가한다. 게다가 이 성의 결계는 당연히 네피를 지키기 위해 작동하고 있다.

자간의 영지에서 네피를 다치게 하는 건 성검을 가지고 덤벼도 쉬운 일이 아니다.

멍하게 있는 소녀와 네피를 남겨두고, 자간은 서고로 향했다.

◇

——역시 별 일 없겠지?

몇 시간 후.

일단 방을 나오긴 했지만 네피와 월포레가 어떻게 하고 있을지 신경이 쓰인 자간은 멀리서 두 사람을 지켜보고 있었다. 실력적인 면에서 보면 네피가 질 일은 없지만 월포레가 불시에 공격할지도 모르는 일이다.

그런 생각을 하기 시작했더니 영 일이 손에 잡히지 않아서 결국 기척을 감춘 채 몰래 뒤를 따라다니게 되었다.

지금은 그릇을 치우고 저녁 식사 준비를 하고 있는 것 같았다. 평소보다 양을 늘려서 만들고 있는 것은 월포레가 먹을 몫까지 준비하고 있기 때문일 터.

월포레도 여기서 자간과 네피의 말을 거역하는 건 현명하지 못하다는 사실을 깨달은 모양이다. 네피가 시키는 대로 청소를 돕고 있었다.

참고로 어깨에는 로브를 걸치고 있다. 보아하니 처음 봤을 때 입고 있던 커다란 로브의 기장을 마술로 줄인 것 같다. 아니, 원래 이 크기인 물건을 갑주에 맞춰 크게 늘린 것인지도 모르지만.

어쨌든 눈을 어디에 둬야할지 모르는 차림은 아니다.

"월포레 씨, 이 접시를 원래 자리에 가져다두세요."

"……그냥 포레라고 불러."

네피에게는 자간만큼 경계심을 품고 있는 것 같지는 않았다. 월포레는 쭈뼛거리며 말했다.

그리고 우물거리듯 중얼거렸다.

"저, 스프는, 네피가, 만든 거야?"

"네. 이곳의 음식은 모두 제가 만들고 있어요."

"맛있, 었어."

애칭으로 불러도 된다는 것은 그녀 나름대로의 감사 표시인 것 같다.

"네. 별말씀을요."

네피도 무표정하지만 뾰족한 귀 끝을 움찔거리며 고개를 끄덕였다.

"그럼 포레. 부탁할게요."

"……응."

용이라고 하지만 겉모습은 작은 여자아이다.

작은 아이가 네피의 발밑에서 쪼르르 따라다니는 모습은 자간이 봐도 미소가 저절로 나올 만큼 귀여웠다.

그런 광경을 보고 있는데 조금 뒤 네피가 월포레에게 물었다.

"자간 님이, 무서우세요?"

"……응."

"자간 님은 무서운 얼굴을 하고 있는 것처럼 보일지도 모르지만 사실은 다정하신 분이에요."

하긴 네피도 처음 만났을 때는 무서워했으니까. 자신의 인상이 좋지 않다는 건 알고 있고, 사람들이 그런 인상 때문에 무서워하는 건 어쩔 수 없는 일이다.

하지만 월포레는 고개를 옆으로 흔들었다. 그 움직임에 세 가닥으로 땋은 녹색 머리가 등 뒤에서 꼬리처럼 흔들렸다.

"얼굴은 무섭지 않아. 입이 좀 더 찢어졌으면 남자다웠을 거야."

"그런……가요?"

자간의 얼굴에서 입이 더 찢어지면 그야말로 용이나 마물 같은 얼굴일 텐데.

――아아. 미적 감각이 달라서 그런 거구나…….

용의 기준으로 미형이라는 말을 들어도 인간이 아닌 존재에게 인정받은 것 같아서 반대로 우울해질 것 같았다.

월포레는 고개를 갸웃거리는 네피를 보고 말했다.

"무서운 것은 힘. 손쓸 엄두도 내지 못했어."

이것 또한 당연한 반응이다.

――하긴 자신을 때린 상대를 두려워하지 않는 건 무리지.

잡아먹는 짓 따위는 하지 않는다는 사실을 알아준 것만 해도 다행이다.

그런 월포레에게 네피는 다정하게 말을 건넸다.

"괜찮아요. 자간 님은 함부로 힘을 휘두르는 분이 아니랍니다."

그 말에 자간은 고개를 갸웃거렸다.

――어라? 내가 그랬던가?

가능하면 네피 앞에서는 사람을 죽이지 않으려고 하고 있지만, 도적이나 제 주제를 모르는 마술사를 까만 숯덩이로 만들어버린 적은 있다.

하지만 월포레는 그 말에 고개를 끄덕였다.

"……응. 그가 가진 실력의 편린조차 보지 못했지."

——어린애를 상대로 진짜로 때릴 수 없으니까 그런 거지!

단호하게 항의하고 싶었지만 이미 한 대 때린 입장이라 아무 말도 할 수 없었다. 상대가 이렇게 어린아이인 줄 알았다면 다른 방법을 생각했을 텐데…….

월포레는 이해가 안 된다는 듯 중얼거렸다.

"……이상한 사람이야."

"신기한 분이라는 말에는 저도 동의해요."

역시 네피는 단어를 선택하는 방법을 잘 알고 있다.

네피의 말에 잠시 위로를 받은 기분에 젖어 있는데, 그녀가 다시 질문을 던졌다.

"포레는 앞으로 어떻게 할 생각인가요?"

"……모르겠어. 다른 〈마왕〉을 노리기에는 난 너무 힘이 없고."

"역시 힘이 필요한가요?"

"……응."

마치 미아가 된 어린아이 같은……——실제로 아이이기는 하지만——목소리에 자간도 겸연쩍은 표정을 지었다.

——용은 좀 더 느긋한 성격을 가진 생물인 줄 알았는데.

몇 백, 몇 천, 경우에 따라서는 만 년 이상이나 산다고 하는 전설적인 존재다. 그런데 지금 월포레는 인간의 척도로 초조해하고 있는 것처럼 보였다.

——애당초 왜 유룡이 인간 마을에서 마술사 행세를 하고 있는 거지?

참 이상한 일이다.

그렇게 고민을 하고 있자 이번에는 월포레가 네피에게 물었다.

"네피는 어째서 저 남자에게 복종하며 살고 있지?"

"……자간 님이 저를 사서 이곳으로 데리고 오셨거든요. 하지만 자간 님은 저를 노예가 아니라 한 사람으로 대해주셨어요. 그렇기 때문에 제가 있을 곳은 여기랍니다."

"……그래."

왠지 그 목소리는 쓸쓸하게, 혹은 부러워하는 것처럼 들렸다.

네피도 그것을 알아차린 모양이다. 일하던 손을 멈추고 월포레의 앞에 쭈그리고 앉아 눈높이를 맞췄다.

"포레에게는 그런 장소가 없나요?"

"……없어."

고독하게 떨리는 목소리였다.

——이래서 아이는 싫다니까…….

알고 싶지 않은 사정을 알게 된 자간은 얼굴을 찡그리는 것 말고는 아무것도 하지 못했다.

◇

며칠이 지났다.

월포레는 여전히 겁에 질려 있었지만 평범하게 대화를 나눌 수 있을 정도까지는 경계를 푼 것 같았다. 네피 뿐만 아니라 자간의 지시도 불평 없이 따르게 되었다.

자간도 그녀에게 극단적인 명령을 내리는 일은 없었기 때문에 월포레는 네피의 도우미로 순종적으로 일했다. 네피와 단둘이 있을 때는 그럭저럭 말도 잘 하게 된 것 같았다.

——네피도 같은 여자가 옆에 있는 게 더 좋을 때도 있을 테고.

그래서 자간도 두 사람을 가만히 두기로 했다.

그리하여 오늘도 서가에 있는 책을 조사하고 있는데…….

"마르코시어스의 성에서 가지고 온 책도 이것으로 마지막인가."

현재 훑어보고 있는 책을 마지막으로 새로 입수한 책은 다 읽은 것이 된다.

——그렇지만 마족과 〈마왕의 각인〉에 대해 단서가 될 만 한 건 없었어.

역시 마르코시어스의 유산을 한 번 더 찾아볼 필요가 있을 것 같다.

그렇지만 전에 찾아봤을 때도 이번보다 딱히 눈에 띄는 것은 보이지 않았다. 아무 생각 없이 가봤자 똑같은 일만 반복하게 될 뿐이다.

"마술사가 한 명 더 있으면……."

예전의 자신이라면 생각조차 하지 않았을 일이다.

자간과는 다른 지식, 사고방식을 가진 마술사. 이는 수제자인 네피로는 충족시켜줄 수 없는 문제다.

자신 이외의 마술사라고 하면 제일 먼저 생각나는 건 악우인 발바로스였지만, 그 남자에게 〈마왕〉의 유산을 보여줬다가는 어떻게 될지 모른다.

그 다음으로 떠오르는 얼굴이 있었지만, 과연 그를 어디까지 신뢰할 수 있을지 판단이 서지 않았다.

거기까지 생각했을 때 다른 방향에서의 접근법이 떠올랐다.

――아니면 마술 이외의 분야에서 정보를 구해볼까?

제일 먼저 떠오른 건 '교회'다.

무슨무슨 유일신을 모시는 조직으로, 마술사의 신체 능력과 막상막하를 자랑하는 '세례 갑옷'을 가진, 천적이라고도 부르는 존재다. 그중에서도 열두 자루의 성검을 가진 성기사장들의 힘을 합치면 〈마왕〉에도 비견할 수 있다고 할 정도다.

그들이라면 마술사가 모르는 정보를 가지고 있다 해도 이상하지 않지만 아무리 자간이 〈마왕〉이라고 해도 아무 대책 없이 일을 꾸미는 건 현명하지 못하다.

문득 서투르기 그지없는 한 소녀의 얼굴이 떠올랐다.

――그러고 보니, 그 녀석, 그 후로 무사한가?

성검의 소녀라 불리며 자간과도 한 번 싸운 적이 있지만, 어떤 이유에서인지 네피의 친구이기도 한 소녀다.

발바로스에게 잡혀 있는 걸 어쩌다 보니 구해줬는데, 그 후 어떻게 되었는지는 모른다.

――하긴 성기사가 마술사와 만나봤자 좋을 건 없으니까.

묘한 부분에서 지나칠 정도로 성실한 소녀였다.

만나지 않는 게 서로를 위해서도 좋겠지만 예전에 싸웠을 때는 적당지 않게 자간을 도망치게 해주려고 노력했었다.

다시 보게 되면 또 자간을 베기를 망설이거나 괜히 감싸주려다가 자신을 궁지에 빠뜨리게 될지도 모른다.

자간이 부탁한 건 아니지만 자기 때문에 다른 사람이 파멸하는 모습을 보는 건 역시 기분 좋은 일은 아니다.

——나중에 네피에게 물어볼까.

〈마왕〉이라는 입장에서 보면 차라리 죽어주는 게 더 좋은 상대지만, 인간으로서 미워할 상대인가 하면 그렇지도 않다. 자신이 모르는 곳에서 죽는다면 뒷맛이 꽤나 좋지 않을 것 같았다.

자간도 그 정도 걱정은 하고 있었다.

"문제가 산더미 같군……."

그러면서 기지개를 켜고 있자 서고의 문이 소리도 없이 열렸다.

——월포레인가.

어쩐 일로 혼자다. 서고 입구에 멈춰 선 채 잠자코 있는 소녀를 돌아봤다.

"무슨 용건이지?"

"……저녁 준비, 다 됐어."

여전히 그를 경계하고 있는 것 같았지만 그 목소리에 적의는 없었다.

자간은 펼쳐둔 책을 덮고 고개를 끄덕였다.

"그래? 곧 가지."

책을 두고 식당으로 가려고 하는데 월포레는 아직도 자간을 올려다보고 있었다.

"하고 싶은 말이 있는 것 같군, 월포레."

"……왜 나를 죽이지 않지?"

네피와는 제법 속을 터놓고 지내게 되었지만 여전히 자간이 자신을 죽일지도 모른다고 의심하고 있는 모양이었다.

자간은 어깨를 으쓱이고 대답했다.

"몇 번이나 말했을 텐데. 네피가 널 마음에 들어했다. 그래서 살려두는 거다."

"이러고 있는 지금, 내가 뒤에서 공격할 수도 있다는 생각은 안 해?"

그 말에 자간은 쓴웃음을 지었다. 바로 얼마 전, 친구 발바로스와 비슷한 일을 경험했기 때문이다.

——겉모습은 어린아이지만 이런 점은 마술사다 이건가.

용이 지나치게 인간다운 것도 과연 괜찮은 건가 싶지만. 자간은 코웃음 치며 대꾸했다.

"전에도 너와 똑같은 말을 한 녀석이 있었지. 그때 난 언제든 덤비라고 대답했다. 그 녀석은 술에 대해 아주 잘 알고 있어. 그래서 복수를 하러 올 때마다 내게 술을 바치고 있지."

그렇게 대답한 자간은 그제야 뒤를 돌아봤다.

"그러니 네게도 똑같은 대답을 해주지. 언제든 덤벼. 내게 질 때마다 네가 네피의 밑에서 일하는 시간은 점점 더 늘어날 거다."

——네피를 잘 따르고 있다면 한동안은 그냥 두는 것도 괜찮으니까!

일전에 들은 쓸쓸한 목소리에 마음이 약해진 건 절대 아니다.

오만한 대답에 포레의 표정이 험악해졌다.

"……내가 네놈의 지식을 훔칠 거라는 생각은 한 적 없어?"

이 서고에는 만 권이 넘는 책이 있다. 마르코시어스의 유산을 물려받으면서 그 수는 더 늘어나 정확한 숫자는 자간도 파악하지 못할 정도다.

마술사가 축적하는 지식이란 바로 이 한 권, 한 권의 책을 말하는 것이다.

기본적으로 마술은 마법진을 복잡하게 만들어서 그 힘을 늘린다. 마법진을 사용하지 않고 주문이나 도구로 대체할 수도 있지만 기본적인 구조는 변하지 않는다.

이 복잡화에 이용하는 것이 '회로'라 불리는 하나하나의 문장(紋章)이다.

이 책들은 각각 하나의 회로에 대해 이야기하고 있기 때문에 한 권을 이해하면 하나의 회로가 늘어난다고 할 수 있다. 물론 '이해'라는 건 그 회로를 마법진에 한정시키지 않고 어떤 형태로든 다룰 수 있다는 것을 가리키지만.

그렇기 때문에 마술은 '훔치는 것'이 가능했다.

월포레도 자간과 비슷한 힘을 가지고 있다고 생각하면 동등한 양의 책을 소화해왔을 터.

——그렇게 따지면 만 권 이상을 소화하는 것이 마왕 후보의 기준이 되는 셈인가.

'회로'의 수가 반드시 우열의 차이인 것은 아니지만 간단한 기준이 되기는 한다.

용인 월포레가 여기 있는 모든 '회로'를 손에 넣으면 자간까지 압도할 수 있을지도 모른다.

하지만 자간은 별다른 관심을 보이지 않고 어깨만 으쓱였다.

"별로 상관없다."

"뭐……."

자간이 당연한 것처럼 대답하자 월포레는 눈을 휘둥그레 뜨고 경악했다.

"그렇게 놀랄 일인가?"

"……놀라지 않을 거라 생각한 거냐?"

얼토당토않은 말을 들은 것 같은 얼굴이었다.

——한 번 완벽하게 이해한 마술서가 어떻게 되든 별로 관심이 없으니까.

자간은 '회로'를 얻은 후의 책은 다시 읽지 않는다. 여기 쌓여 있는 책도 이미 다 읽은 것들뿐이다. 그래서 도둑을 맞든 불에 타든 상관없는 일이었다.

어쩌면 한 번 읽으면 모든 것을 이해하는 그 이해력이 바로 자간을 〈마왕〉으로 만든 일등공신인지도 모른다.

하지만 월포레는 도저히 이해가 안 되는 모양이다. 당혹스러운 표정으로 계속 자간을 올려다보고 있었다.

자간은 머리를 긁적이며 귀찮은 듯 대답했다.

"난 기술이나 지식이란 건 '훔치는' 것이라고 생각한다. 나도 처음에는 여기 있던 마술사……, 안드라스라고 했던가, 여하튼 그 녀석을 죽이고 지식을 빼앗았지."

부랑아로 지내던 시절, 산 제물로 납치당한 적이 있다.

그때 자간은 반대로 안드라스를 죽이고 마술사가 되었다.

평범한 인간이었던 자간이 마술사를 죽일 수 있었던 건 안드라스의 마술을 보고 훔쳤기 때문이다. 그리고 지금도 그 기술이 자간이 가진 힘의 근간이 되고 있다.

——훔친 것일수록 여차할 때 힘이 되어주지.

그래서 자신의 마술을 훔치려는 자가 나타나더라도 그걸 막을 권리는 없다고 생각했다.

"물론 네피처럼 친절히 가르쳐줄 생각은 없다. 마찬가지로 네가 서고에 몰래 들어와 마술서를 닥치는 대로 읽든, 내 마술을 보고 외우든 방해할 생각도 없고. 뭐, 내가 아직 읽지 않은 책을 훔치거나 찢는 건 이야기가 다르지만."

말은 그렇게 했지만 이곳에 가지고 온 마르코시어스의 유산도 이미 다 읽었다. 도둑맞아서 곤란한 건 이곳에 남아 있지 않았다.

——게다가 그 대상이 '힘을 손에 넣는 방법'이라면 아무도 불평하지 않겠지.

일부러 이런 걸 **가르쳐**주는 이유는 옛날의 자신을 보는 것 같았기 때문인지도 모른다.

자간은 대책 없는 악동이긴 했지만, 그런 그에게 형님처럼 의젓하게 손을 내밀어준 소년이 있었다. 그 소년을 흉내 내고 싶어진 것이다.

월포레는 머리를 흔들었다.

"……이해가 안 돼. 넌 오만하다. 힘으로 나를 굴복시킬 수도 있을 거야. 그런데 왜 그러지 않지?"

——그런 짓을 하면 네피가 슬퍼할 테니까!

슬퍼하지는 않을 수도 있지만 경멸당할 것 같은 느낌은 든다. 네피 앞에서 그런 짓은 절대로 할 수 없다.

그런 사정을 알 리 없는 월포레에게 자간은 흥 하고 콧방귀를 뀌었다.

"네가 얼마나 산 용이고 얼마나 뛰어난 마술사인지는 모르지만 여기선 그냥 어린애다. 아이는 아이답게 원하는 만큼 떼를 써도 돼. 여기에 그런 일로 화를 낼 사람은 없으니까."

호감을 사고 싶은 건 아니다.

하지만 그냥 놔둘 수 없었다.

자신도 잘 설명할 수 없는 애매한 감정을 떨쳐내려는 듯 월포레의 머리를 마구 쓰다듬었다.

그런데 의외로 포레는 그 손을 뿌리치지 않았다. 화를 내며 달려들 거란 각오 정도는 하고 있었는데…….

심지어——,

"아이……."

그리고 그 눈동자에 눈물이 차올랐다.

——어? 나? 내가 울린 거야?

아무리 용이라도 겉모습은 이렇게 어린 여자아이를 울렸다.

그러니 자간도 당황할 수밖에 없었다.

"에, 에잇, 울지 마라!"

"……안, 울어."

두 손으로 얼굴을 닦으면서 그렇게 말하는 소녀의 모습에 자간은 어이가 없었다.

"큭, 어, 어쨌든 곧 저녁을 먹을 때지? 가자. 네피의 요리를 먹으면 눈물 따윈 금방 멎을 테니까."

자간은 월포레의 손을 잡고 식당으로 향했다.

월포레가 그 손을 꽉 마주 잡은 건 모르는 척했다.

◇

"맛있나요, 포레?"

"응. 맛있어."

서고에서는 울던 월포레는 식당에 도착할 즈음엔 울음을 그친 상태였다.

그대로 테이블에 앉아 셋이서 식사를 하게 되었다. 앉은 순서는 자간이 중앙, 그 왼쪽에는 네피, 오른쪽에는 월포레가 마주 보고 앉아 있다.

그런데 월포레는 예전부터 이곳에 살았던 것처럼 아주 자연스럽게 그 자리에 녹아들어 있었다.

——즉물적인 녀석이군.

밥을 먹으면 눈물도 그칠 거라고 말한 사람은 자간이지만 이렇게 극단적으로 반응이 변하자 그건 그것대로 납득이 가지 않았다.

자간이 한숨을 쉬려고 하자 월포레는 바닥에 닿지 않는 발을 달랑달랑 흔들며 그를 바라봤다.

"……이번에는 뭐지?"

자간이 수상쩍게 쳐다보자 월포레는 얼른 고개를 숙였다. 아직 자신을 무서워하는 건가, 그렇게 생각하고 있는데 소녀는 용기를 쥐어짜듯 이렇게 말했다.

“……자간.”

“왜?”

“……전에, 식사를 방해해서, 미안하다.”

성을 습격해온 첫날을 말하는 모양이다.

그 말을 듣자 자간도 눈을 동그랗게 뜰 수밖에 없었다.

“네피가 만든 요리를 먹고 있었는데 내가 방해했지. 화내는 게 당연해.”

“흐, 흐음. 알았으면 됐다.”

설마 이렇게 순순히 사과를 받게 될 줄은 몰랐다. 자간은 당황한 걸 얼버무리려는 듯 목소리를 높였다.

동시에 어떤 결심이 섰다.

──음, 이 녀석이라면 괜찮을지도.

고작 며칠 사이에 신뢰 관계가 싹튼 건 아니지만 협력은 할 수 있는 상대다.

적어도 자간을 적대시할 때의 불이익과 그에게 복종함으로서 얻을 수 있는 이익을 잘 이해하고 있기 때문이다.

마음속으로 그것을 확인한 자간은 네피에게 시선을 돌렸다.

“그나저나 네피, 내일은 이 녀석을 데리고 외출을 좀 할까 하는

데 괜찮겠지?"

"네. 볼일이라도 있으세요?"

"음. 마르코시어스의 성——마왕전을 한 번 더 조사하러 갈까 한다."

마르코시어스의 성의 이름이 뭔지는 잘 모르지만 마술사들은 경외를 담아 그의 성을 '마왕전'이라 불렀다.

그 한마디에 웰포레가 벌떡 일어났다. ……키가 작다 보니 반대로 눈높이가 낮아지고 말았지만.

"선대 〈마왕〉의 성……이라고?"

"그래. 일전에도 한 번 조사해보긴 했지만 들고 온 책 중에 내가 원하는 지식은 적혀 있지 않더군. 그래서 한 번 더 조사하러 가려고 한다."

마족과 〈마왕의 각인〉에 대한 기술이다.

——그렇게 찾아봤는데도 하나도 없다는 건 아무리 생각해도 이상해.

마르코시어스는 그것에 대해 알려지는 게 어지간히도 싫었던 모양이다.

웰포레는 경계하듯 말했다.

"……제정신이야? 그건 나한테 〈최장로(最長老)〉의 지식을 주는 것과 똑같아."

〈최장로〉란 마르코시어스의 통칭이다. 선대 〈마왕〉은 천 년이나 살았기 때문에 어느새 그 이름으로 불리게 되었다고 한다.

당연히 그가 쌓아온 지식도 방대했다.

그곳에 함께 가서 조사를 하면 숨어서 책을 몰래 보는 것 정도는 얼마든지 할 수 있다. 용인 월포레가 더 많은 지식을 손에 넣게 되면 자간과 다른 〈마왕〉까지 굴복시키게 될지도 모른다.

그런데도 자간은 아무 일도 아닌 것처럼 고개를 끄덕였다.

"말했을 텐데? 네가 어떤 지식을 훔치든 관심 없다고."

월포레는 점점 더 당혹스러운 표정을 지었다.

"……난, 적이다."

"그러고 보니 그랬군. 하지만 일손이 부족해. 내가 필요한 걸 찾는 일을 도와주기만 하면 뭘 하든 상관없다."

지난 며칠 동안 상황을 지켜본 바로는 월포레는 자간과 네피에게 공격은커녕 적의조차 보이지 않았다.

이 정도면 자신을 도와 마르코시어스의 유산을 찾는 일 정도는 시켜도 문제없을 것이다.

——사실은 네피와 단둘이 가고 싶지만…….

하지만 월포레는 엄연한 마술사다. 게다가 용에게는 용만 아는 지식이 있을지도 모른다. 마르코시어스의 유산을 찾는 일에 분명 도움이 될 것이다.

그리고 사실을 말하자면 마르코시어스의 성을 관리할 일손이 필요했다.

악우인 발바로스는 제대로 보고할 것 같지 않고, 네피의 친구인 마뉴엘라는 마술사가 아니다. 네피의 또 다른 친구인 샤스틸 같은 경우는 교회의 성기사다.

그래서 포레가 쓸 만하다는 판단이 서면 그대로 관리를 맡기려는 생각이었다.

그만큼 자간은 마족과 〈마왕의 각인〉의 정체를 중요시하고 있었다.

자간은 어흠, 헛기침을 하더니 중얼거렸다.

"그리고 〈마왕〉을 따르는 건 네게도 나쁜 이야기는 아닐 거다. 밖에 있는 녀석들도 이젠 내게 반항해봤자 자신들에게 이득이 되는 게 하나도 없다는 사실을 깨달았을 테니까. 그러니까, 음, 그, 뭐냐……."

"……? 하고 싶은 말이 뭐야?"

자간은 고개를 갸웃거리는 윌포레의 시선을 피하며 이렇게 말했다.

"네 정체가 뭐가 됐든, 내 기분을 상하게 만들면서까지 손을 대려는 멍청한 놈은 많이 줄어들 거다."

네피와 마찬가지로 〈마왕〉이라는 지위가 윌포레를 비호하게 될 것이라는 말이었다.

실제로 윌포레가 공격해온 것을 마지막으로 자간의 영지에 침입자는 나타나지 않았다. 길을 잃고 잘못 들어온 사람이나 성기사가 침입해오는 일은 있을지도 모르지만, 앞으로 마술사가 공공연하게 그에게 대적하는 일은 없을 것이다.

——이 꼬마 녀석 한 명 제대로 지키지도 못하면서 네피를 평생 지켜주겠다는 말은 할 수 없으니까.

그러니까 **겸사겸사** 지켜주는 것뿐이다. 돌아갈 곳이 없는 어린 소녀를 걱정해서 그런 건 절대 아니다. 아니라면 아닌 거다.

그래도 월포레를 슬쩍 쳐다보니 아직도 믿기지 않는지 자간과 네피 사이에서 황망히 시선을 움직이고 있었다.

이윽고 그 말을 믿을 생각이 들었는지, 월포레는 쭈뼛쭈뼛 고개를 끄덕였다.

"알았……어."

"그, 그래."

자간이 고개를 끄덕이자 월포레가 불만스럽게 노려봤다.

"……그래도 난 '너'가 아니야."

"응? 아, 이름 말인가. 알았다, 알았어. 따라와, 월포레."

하지만 월포레는 말하기 곤란한 듯 입만 우물우물 움직일 뿐이었다.

그러다가 머뭇거리며 입을 열었다.

"……포레, 라고 불러."

그건 처음으로 월포레──아니, 포레가 자간에게 한 걸음 다가온 순간이기도 했다.

자간은 뺨을 벅벅 긁어대며 말했다.

"아~……. 그럼, 내일, 잘 부탁한다. ……포레."

"알았어."

새로 온 식객의 모습에서 자간과 네피는 조금 더 가까워진 거리를 느꼈다.

◇

"……나 참, 밥을 먹자마자 그대로 잠들어버리다니. 아무리 용이라도 애는 애라는 건가."

자간은 투덜거리면서 포레를 객실에 있는 침대에 눕혔다.

자간과 네피가 저녁 식사를 하면서 담소를 나누는 동안 포레는 스푼을 쥔 채 그대로 잠들어버린 것이다. 어쩔 수 없이 자간이 포레를 짊어지고 객실로 옮기게 되었다.

네피는 능숙하게 로브를 벗기고 이불을 덮어준 다음 로브도 주름이 생기지 않도록 행거에 잘 걸어두었다.

"많이 피곤했을 거예요. 이곳에 온 후로 처음 겪는 일들밖에 없었을 테니까요."

흐뭇해하는 네피의 말에 자간은 얼굴을 찡그렸다.

"그렇지만 이 녀석에게는 적지잖아? 이렇게 아무 경계심 없이 잠드는 게 말이 돼?"

다름 아닌 포레 자신의 입으로 한 말이다.

하지만 네피는 흐뭇해하며 고개를 가로저었다.

"적이 아니라고 가르쳐준 사람은 자간 님이시잖아요."

"뭐?"

네피는 뭐가 그리 기쁜지 뾰족한 귀를 떨고 있었다.

"처음엔 굉장히 경계하고 무서워했을 거예요. 하지만 이제 괜찮다고 안심했기 때문에 이렇게 잠들어버린 거예요."

그러면서 자간의 얼굴을 수줍게 올려다봤다.

"저도 그랬거든요."

네피가 처음 온 날을 떠올려봤다.

좋아하는 여자에게 뭐라고 말을 걸면 좋을지 몰라서 당황하는 동안 날이 밝고 말았다. 지금처럼 네피가 지낼 방을 마련해주지도 못해서 옥좌가 있는 홀 바닥에서 잠들었다.

포레도 드디어 자간에게 그 정도로 마음을 열었다는 뜻이리라.

"그, 그건, 그거다. 넌 내 것이다. 내 물건을 소중히 하는 건 당연한 일이지."

"네. 감사합니다."

또 '물건'이라고 해버렸는데도 네피는 행복한 듯이 그렇게 대답했다.

당시의 멋쩍었던 기억과 지금 네피의 눈빛이 괜히 쑥스러워서 자간은 다시 시선을 돌려버렸다.

"너야말로 괜찮나?"

"제가, 요?"

"포레를 이 성에 두는 일에 대해 상의 한마디 하지 않았는데……."

그렇게 묻자 네피는 의외라는 듯 눈을 동그랗게 떴다. 귀도 딱딱하게 굳는 모습이, 상당히 놀랐다는 걸 알 수 있었다.

이윽고 네피는 굳은 입가를 풀고 미소 지었다.

"네. 자간 님이 원하시는 대로 하면 돼요."

"그, 그래."

괜히 마음이 진정되지 않아 자간이 시선을 준 곳은 포레였다.

"……이런, 이 녀석, 아직 스푼을 쥐고 있었나."

푹 잠든 포레의 손에는 여전히 스푼이 쥐어져 있었다. 자간은 그 손에서 살짝 스푼을 빼냈다.

그때였다.

"어, 어이……."

무슨 생각을 한 건지, 포레가 자간의 손가락을 꼭 잡았다.

——부드럽, 군.

네피처럼 가냘프고 따뜻한 손과는 또 다르다. 어린아이답게 보들보들하고 탄력 있는 손이다.

그러더니 왠지 쓸쓸하게 이런 말을 중얼거렸다.

"아버지……."

아버지가 나오는 꿈이라도 꾸고 있는 걸까.

자간의 목숨을 노렸던 용이라는 사실이 믿기지 않을 만큼 가냘픈 목소리였다.

용들의 부모자식 사이가 어떤지는 모르지만 부모 용이 생각난 모양이다. 그리고 이렇게 잠꼬대를 하는 모습은 누가 봐도 어린 소녀였다.

——어린애는 별로 안 좋아하는데…….

자간도 부모라는 게 어떤 존재인지 잘 모른다.

그보다 실컷 오빠인 척 굴었는데 아빠가 생각났다니, 자신이 그렇게 나이가 들어 보이나 싶어서 반대로 우울해졌다.

하지만 자간의 손가락을 잡은 연약한 손을 뿌리칠 수는 없었다.

그러고 있자니 보기 드물게 네피가 웃음을 흘렸다.

"왜 그래?"

"아니, 그게……."

"왠지 아이가 생긴 것 같아서요."

——아, 아아아아아이?

그건 자간이 포레를 '아이'라고 불렀던 것과는 다른 의미이리라.

자신들의 아이라는 의미로, 자간과 네피가 부모가 된 것 같다는 뜻이다.

——아직 입맞춤도 못 했는데, 아이!

아이를 만들기는커녕 아직 손을 잡는 것조차 엄청나게 의식하고 있는데!

눈이 휘둥그레지는 자간을 보고 네피도 자신이 무슨 말을 했는지 깨달은 모양이다. 눈 깜짝할 사이에 얼굴뿐만 아니라 귀 끝까지 새빨갛게 물들었다.

"아, 아니에요! 저어, 자간 님은 포레를 보호해주시려는 생각인 것 같고, 아이를 보호한다는 것은 그런 사이가 되는 게 아닐까 싶어서…….”

“아, 으, 응. 나, 나도 안다. 다 알아. 그러니까 걱정하지 마라.”

머리에 땀을 삐질삐질 흘리면서 두 사람은 서로의 얼굴을 똑바로 쳐다보지 못했다.

잠시 후, 네피가 자간의 소매를 꼭 잡아왔다. 자간이 그 손에 자신의 손가락을 가만히 걸자 네피도 머뭇거리며 손을 잡았다.

――이게 뭘까. 왠지, 따뜻해…….

오른손은 포레에게, 왼손은 네피에게 잡힌 이 상황이 묘하게 기분 좋았다.

――가족――.

아마 네피가 하려던 말은 그 이름이었을 것이다. 물론 지식으로는 알고 있다. 형제와 부부, 그 부양자의 관계를 나타내는 말이다.

하지만 그것이 실제로 어떤 것인지는 자간은 물론이고 네피도 잘 몰랐다.

그런 탓에 순간적으로 말이 제대로 나오지 않았던 것이다.

가족이라는 말에 제일 먼저 떠오르는 건 부모와 손을 잡고 있는 아이의 모습이다. 자신과는 인연이 없어도 길에서 본 적은 있다.

――언젠가 우리도 그렇게 될 수 있을까.

마술사는 악당의 대명사 같은 존재다.

그 정점에 있는 〈마왕〉인 자신이 평범한 행복을 원한다는 게 우스울지도 모르지만, 자간은 원하는 것은 반드시 손에 넣는다.

그리고 그 모든 것을 지키겠다고 맹세했다.

〈마왕〉이 원하는 것치고는 너무 소소할 수도 있지만, 자간에게는 가족이라는 모습이 한없이 눈부시게 느껴졌다.

◇

다음 날 아침.

자간은 네피와 포레를 데리고 큐아노에이데스를 찾았다. 마왕전은 이 마을 지하에 감춰져 있다.

〈최장로〉의 성은 지하 미궁인 셈이다.

하지만 자간은 곧장 마왕전으로 들어가지 않고 시내를 걷고 있었다.

"자간, 어디로 가는 거지?"

"옷 가게다."

"왜?"

"넌 그 차림으로 마을을 돌아다닐 생각이냐?"

네피는 언제나처럼 시녀복을 입고 있지만 포레는 평소처럼 로브를 걸치고 있었다. 즉, 로브 속은 거의 속옷 차림이나 다를 바 없었다.

그래서인지 포레도 영 불안한 모습으로 주위를 힐끔거리고 있었다.

──그리고 뿔 정도는 숨기는 게 좋을 테니까.

지금은 후드를 푹 눌러써서 뿔이 보이지 않도록 가렸지만, 이런 건 바람만 불어도 금방 벗겨진다. 모자 같은 것을 쓰는 게 좋을 것 같다.

그런데도 포레는 불만스럽게 눈을 흡떴다.

"갑옷을 놔두고 오라고 한 건 자간이야."

"당연하지. 그런 차림으로 돌아다니면 사람들이 네피한테서도 다 도망칠 텐데."

이래 봬도 네피는 마을 사람들과 사이가 좋다. 살갑게 말을 걸어주는 사람도 제법 있었다. 그들이 멀어지게 만드는 짓을 하는 건 자간이 원하는 게 아니다.

그런데 거기서 불안한 목소리로 말을 꺼낸 사람은 네피였다.

"옷 가게라고 하면 그……?"

"맞아, 그 녀석의 가게가 익숙해서 좋지 않나?"

"마뉴엘라 씨는 분명 좋은 분이지만, 그, 옷의 경우에는……, 괜찮을까요?"

네피의 표정에는 여전히 변화가 없었지만 그녀의 귀는 당혹스러움을 감추지 못하고 축 처져 있었다.

그런 두 사람의 반응에 포레가 고개를 갸웃거렸다.

"마술사?"

"아뇨, 평범한 사람입니다. 게다가 아주 좋으신 분이에요."

"그래……?"

아무리 네피라도 설득력이 부족했다.

포레는 겁을 먹은 것처럼 자간의 로브를 꽉 잡아왔다.

네피는 그 옷 가게 점원과 친구지만, 조금 독특한 사람이라 툭하면 네피에게 이런저런 옷을 입히며 인형처럼 다루었다. 자간도 똑바로 쳐다볼 수 없는 옷을 입히는 게 문제이긴 했지만, 옷과 관련해서는 확실히 의지가 되는 사람이었다.

——게다가 그 녀석이라면 포레가 용이라는 사실을 알아도 다른 사람에게 말하지 않겠지.

네피를 '친구'로 생각해주는 점에 관해서만큼은 자간도 신뢰하고 있었다.

자간은 안심시키듯 말했다.

"녀석도 이렇게 작은 아이에게 이상한 옷을 입히진 않겠지?"

"……글쎄, 요."

——네피, 너까지 불안해하면 안 되지!

두 사람이 진짜 친구이기는 한지 자간까지 불안해졌다.

그러고 있는 동안 문제의 옷 가게에 도착했다.

"어서 오세요!"

문을 열자마자 씩씩한 목소리가 들렸다.

그들을 맞아준 건 아름다운 녹색 눈동자를 가진 익인족 아가씨였다. 오늘도 가게 안을 떠다니면서 쾌활한 미소를 짓고 있었다.

이제 스무살이라는 이 여자 점원이 바로 마뉴엘라다.

네피가 머리를 꾸벅 숙였다.

"안녕하세요, 마뉴엘라 씨."

"오늘도 와준 거야, 네피?"

"네. 저, 옷을 좀 골라주셨으면 해서요……."

"물론이지……. 어라, 오늘은 주인님과 함께 왔네."

마뉴엘라는 엄청 걸리적거리는 것이라도 본 듯이 그제야 자간에게로 시선을 옮겼다.

자간은 얼굴을 찡그려 보였다.

"어이, 너, 내가 없는 동안 네피에게 이상한 옷을 입힌 건 아니지?"

"무슨 그런 말씀을 하세요? 제가 골라주는 건 엄연히 우리 가게의 상품이라고요."

"이 가게에는 수상쩍은 옷이 산더미처럼 쌓여 있으니까 하는 말이잖아."

자간이 노려보자 마뉴엘라는 시치미를 떼는 얼굴로 휘파람을 불었다.

"……나 원. 어쨌든 오늘 손님은 네피가 아니다. 이 녀석이 입을 만한 옷을 좀 골라줘."

그렇게 말하며 포레를 앞으로 밀었다.

"어라, 자간 님의 성에 새 하인이라도 고용하신 거예요? 어디 보자……."

마뉴엘라는 포레의 머리에서 후드를 살짝 벗겨냈다.

녹색 머리와 금색 눈동자가 나타나자 마뉴엘라의 눈이 반짝 빛났다.

"세상에……! 귀여워라."

"우……."

포레는 뭔가 거북한 느낌이 들었는지 자간의 뒤로 숨으려 했다. 하지만 그 팔은 마뉴엘라에게 덥석 잡히고 말았다.

"음, 이건 또 네피와 다른 재목이군! 나한테 맡겨줘. 깜짝 놀랄 만큼 귀엽게 만들어줄 테니까!"

"……너무, 이상한 옷은 입히지 마."

"괜찮아, 괜찮아요."

포레는 도움을 구하는 눈길을 보냈지만 마뉴엘라에게 가차 없이 끌려가고 말았다.

"……정말, 괜찮을까요?"

"음, 괜찮지 않을까?"

마치 자식이 처음으로 심부름하는 모습이라도 지켜보는 것처럼, 두 사람은 시선을 한곳에 고정시키지 못한 채 괜히 옷자락을 만지작거리며 우왕좌왕했다.

그러기를 몇 십 분. 마침내 피팅룸의 커튼이 열렸다.

비틀거리며 나온 포레를 본 자간과 네피는 한숨을 흘렸다.

포레는 이국적인 민족의상 같은 옷을 입고 있었다.

녹색 머리에 맞춘 걸까. 하얀색과 심홍색을 베이스로 하고 있었는데, 차분한 색채면서도 뿔까지 장식의 일부로 보이도록 하는 멋진 조합이었다. 어깨에는 로브가 걸쳐져 있다.

"어떠세요? 이 정도면 로브와도 잘 어울리고 이 아이가 원래 가지고 있는 사랑스러움도 한층 더 돋보이는 것 같지 않나요?"

"……하면 할 수 있으면서 왜 평소엔 제대로 하지 않는 거지?"

확실히 의상 선택은 탁월했지만 자간은 한숨을 쉬었다.

마뉴엘라는 무슨 말인지 모르겠다는 듯이 고개를 옆으로 흔들었다.

“손님이 새로운 자신을 찾을 수 있도록 해드리는 것도 저희가 하는 일인걸요.”

“네 선택은 너무 새로워서 문제지.”

그래도, 라면서 자간은 포레를 향해 시선을 옮겼다.

“음. 잘 어울리는 것 같은데? 포레, 넌 어떠냐?”

“……모르겠어. 인간이 입는 옷은 죄다 똑같아.”

말은 그렇게 했지만 치마 자락을 뒤집어 어떻게 생겼는지 확인하는 얼굴은 싫지만은 않은 눈치였다.

“이거 너무 눈에 띄는 것 아닌가?”

“그건 별로 상관없다.”

오히려 자간과 함께 있는 모습이 멀리까지 소문이 퍼지기를 바랐다. 그러면 필연적으로 포레에게 위해를 가하려는 자도 줄어들 것이다.

적어도, 이제 네피가 혼자 걸어 다녀도 손을 대려는 사람은 없으니까.

다만, 하고 자간은 중얼거렸다.

“거기에 후드를 쓰는 건 안 어울리는 것 같군.”

뿔을 드러내고 있으면 포레가 용이라는 사실을 알게 되는 사람도 나올 것이다.

자간의 비호 아래 있다는 사실을 내보일 필요는 있지만 용이라는 사실까지 알려지는 건 문제가 될 수 있다.

마찬가지로 많은 사람들이 노리는 백발 엘프인 네피가 마을 사람들의 보호를 받고 있는 것은 그녀의 착한 됨됨이를 사람들이 좋아하기 때문이다. 포레에게도 똑같이 적용될 거라고 단정 지을 수는 없다.

어떻게 하면 좋을지 고민하고 있자 마뉴엘라가 손을 마주쳤다.

"그렇다면 이런 로브는 어떨까요?"

그렇게 말하며 포레의 어깨에 다른 로브를 살짝 걸쳐주었다. 곳곳에 심홍색 장식이 박혀 있는 순백의 로브인데, 고양이 모양의 후드가 달려 있었다. 그리고 후드의 귀 부분에 포레의 뿔이 쏙 들어갔다.

"음. 나쁘지 않군. 어떻게 생각해, 네피?"

"네. 무척 귀여운 것 같아요."

네피도 귀 끝을 떨면서 기쁘게 말했다.

"그럼 결정했다. 이것으로 줘."

"매번 감사합니다!"

마뉴엘라가 포레의 옷에서 가격표를 떼면서 놀리듯 물었다.

"그런데 이 아이……, 포레라고 해? 양녀라도 들인 거야?"

"그런 건 아니지만……."

그러고 보니 어떻게 설명하는 게 좋을까.

성을 습격한 마술사라고 소개하기에는 이미 자간은 포레를 너무 많이 받아들였다. 그렇다고 포레는 어떻게 생각하고 있는지도 모르는데 양녀 운운하는 것도 썩 내키진 않았다.

자간은 고민을 거듭하다 반대로 질문을 던졌다.

"아~……. 저, 그렇게, 보이나?"

"당연하지. 남매보다는 부녀로 보여. ……자, 다 됐습니다."

가격표를 떼고 마지막으로 흐트러진 옷자락을 매만져준 후, 마뉴엘라는 몸을 일으켰다.

포레는 드디어 해방되었다는 듯 얼른 자간 뒤로 숨었다.

"쓸데없이 이것저것 캐물을 생각은 없어. 난 네피가 불행해지지만 않으면 그것으로 충분해."

"흠. 현명하군."

사실은 고맙다는 말을 하고 싶었지만 입 밖으로 나온 건 그런 말이었다.

하지만 이젠 마뉴엘라도 많이 익숙해졌다. 쓴웃음만 지을 뿐, 기분이 상한 것 같지는 않았다.

"그럼, 언제든 또 오세요."

"네. 감사합니다, 마뉴엘라 씨."

네피가 꾸벅 고개를 숙이는 모습을 보고 포레도 머뭇머뭇 따라 했다.

"……고마워. 옷은, 마음에 들어."

그 반응을 본 마뉴엘라는 환하게 웃음을 터뜨렸다.

"어머, 어떡해! 이 아이, 너무 귀엽잖아! 내가 데리고 가도 돼? 아, 이 경우는 반대인가. 그냥 놔두고 가면 안 될까?"

"에잇, 진정해! 이 녀석은 물건이 아니다. 그렇게 가볍게 줄 수 있겠나!"

자간은 포레의 손을 잡더니 서둘러 가게를 뒤로했다.

◇

"……이래서 저 가게에 가는 게 싫다니까."

어깨로 숨을 몰아쉬며 걷고 있자 네피는 왠지 기뻐하는 것처럼 중얼거렸다.

"그렇지만 마뉴엘라 씨의 가게에 가신 건 탁월한 선택이었던 것 같아요."

그러면서 자간이 손을 잡아끌고 있는 포레를 바라봤다.

여전히 비틀거리며 걷고 있었지만 옷 자체는 마음에 드는 듯했다. 싫어하는 기색은 없었고, 묘하게 기뻐하는 것처럼도 보였다.

자간의 시선을 느꼈는지 포레가 고개를 갸웃거렸다.

"왜?"

"아니……. 그 옷, 마음에 드나?"

"응."

의외로 순순히 고개를 끄덕였다.

"그래. 다행이군."

"응. 자간도 고마워."

옷을 산 돈 얘기를 하는 것 같다. 포레는 웃진 않았지만, 그렇다고 부담스러워하지도 않고 그렇게 말했다.

그런 다음 비어 있는 손으로 네피의 손도 잡았다.

포레를 한가운데 두고 셋이서 나란히 걸어가는 형태가 되자 자간은 깜짝 놀랐다.

——이 기분은 뭐지……?

묘하게 따뜻하다고 할까, 기쁘다고 할까, 절대 나쁜 기분은 아니지만 지금껏 느껴본 적 없는 감정이었다.

사랑스럽다는 말은 이럴 때 쓰는 걸까.

하지만 네피를 사랑스럽다고 생각하는 이 마음은——사랑과는 다르다.

아까 마뉴엘라가 했던 말이 떠오른다.

——남매보다는 부녀로 보여——.

이것이 바로 '보호 욕구'라는 건가.

치밀어 오르는 감정의 정체를 깨달은 자간은 심하게 동요했다.

——말도 안 되는 소리……. 이 몸이 이딴 꼬맹이를 지켜주고 싶다는 생각을 하고 있다고?

그런 감정이 자신에게 남아 있다니, 발바로스나 다른 사람들이 들으면 진심으로 머리가 괜찮은지 걱정해줄 것이다.

하지만 험상궂게 생긴 자간이 지금껏 아이들과 어울릴 기회가 없었던 것도 사실이었다.

말로 설명하기 힘든 묘한 기분에 고민을 거듭하고 있는데 앞에서 한 소녀가 걸어오는 게 보였다.

실크 셔츠에 레이스로 장식된 치마. 천천히 걷는 모습에서는 기품이 넘치고 허리까지 내려오는 붉은 머리가 아름다운 소녀였다.

생각할 일이라도 있는지 심각한 표정으로 고개를 숙였다.

왠지 낯익은 얼굴이었지만 바로 생각나지는 않았다. 최근에는 길에서 지나는 사람들과 한두 마디 정도 대화를 나눌 기회도 늘어났다. 그런 '지인' 정도 되는 사람이라 생각하고 그냥 지나치려는데, 소녀 쪽에서 깜짝 놀라며 자간을 쳐다봤다.

"자, 자간?"

아무래도 상대는 자간을 알고 있는 모양이었다.

――목소리도 익숙한데 누구더라?

고개를 갸웃거리고 있자 소녀는 네피를 보고 안심한 표정을 짓더니 두 사람 사이에서 손을 잡고 있는 포레를 보고는 화들짝 놀랐다.

"세, 세상에……, 너희들, 벌써 아이를 낳은 사이가……?"

"파, 파파파파렴치한 말 하지 마! 나와 네피는 아직, 그런……."

네피를 슬쩍 쳐다보니 마찬가지로 귀가 새빨개져 있었다. 눈이 마주치자 두 사람 모두 당황해서 시선을 피했다.

――네피는 어떻게 생각하고 있을까?

자간도 일단 아기가 어떻게 생기는지는 알고 있다.

하지만 예전에 '같이 자주세요'라는 말을 했을 때는 그 의미를 잘 이해하지 못하고 있는 것 같았다.

남녀가 동침하는 게 무엇을 의미하는지도 모르는 소녀의 부드러운 살갗에 손을 대는 일이 과연 허락될까?

혼자 고민에 빠져 있자 어떻게 된 상황인지 이해하지 못하는 포레가 고개를 갸웃거렸다.

"자간, 이건 누구야?"

"응? 아, 그러고 보니 넌 누구지?"

아는 사이인 것 같기는 한데 잘 생각나지 않았다.

자간이 의아해하며 묻자 소녀와 네피는 아연실색했다.

"마, 말도 안 돼, 나를, 기억조차 못하는 거야?"

"자간 님, 자간 님, 샤스틸 님이에요!"

소녀의 눈에 순식간에 눈물이 차오르자 네피가 당황하며 가르쳐주었다.

그제야 자간도 반쯤 울먹이는 소녀의 얼굴과 기억 속에 있는 '샤스틸'을 일치시킬 수 있었다.

갑옷도 입지 않은 데다가 성검도 가지고 있지 않았고, 적금색 머리까지 늘어뜨리고 있어서 동일 인물로 인식하지 못했다.

――어쨌든 잘 지내고 있는 것 같군.

성기사 차림을 하고 있지 않는 건 마음에 걸렸지만 일단은 무사한 것 같았다.

"아, 뭐야, 너였냐. 포레, 이 녀석은……, 그래, 네피의 친구라고 하면 되려나?"

"네."

고개를 끄덕이는 네피를 보고 소녀――샤스틸은 그제야 안심한 듯이 가슴을 쓸어내렸다.

성기사장인지 성검의 소녀인지가 이 소녀의 지위다.

그 이름대로 교회의 세례 갑옷을 입고 이 세상에 열두 자루밖에 존재하지 않는다는 성검을 짊어진 늠름한 모습이 그녀의 평소 모습이다.

……뭐, 한 꺼풀 벗기면 이 모양이지만.

"그런데 차림이 왜 그래?"

자간의 물음에 샤스틸은 노골적으로 말을 머뭇거렸다.

"그건, 저……, 지금은, 비번, 이야."

"뭐야, 잘린 거냐?"

"아, 아니거든!"

마치 정곡을 찔린 것처럼 당황하는 샤스틸.

마술사와 성기사는 적대 관계에 있지만 예전에 자간은 샤스틸을 도와준 적이 있다. 그런 일도 있고 해서 샤스틸 역시 교회 내에서 자간을 옹호하는 발언을 하게 되었다고 한다.

성기사로서는 해선 안 되는 실수였다. 교회에서 추방되는 것도 있을 수 없는 일은 아니었다.

샤스틸은 팔짱을 끼더니 고개를 휙 돌렸다.

"나, 나야 어찌 되든 상관없잖아? 그보다 그 아이는 뭐야? 아무리 그래도 네놈이 납치 같은 짓을 하지는 않을 텐데……."

자간은 시선을 피하더니 포레의 머리를 툭툭 두드렸다. 고양이 귀 모양의 후드가 흔들렸지만 뿔에 확실히 걸려서 벗겨지지는 않았다.

"이 녀석도 마술사다. 어떤 사이인지는 마음대로 상상해."

"에, 에에……?"

무슨 상상을 했는지 굉장히 당혹스러운 표정을 지었지만 자간은 신경 쓰지 않았다.

그러고 있는데 멀리서 다른 목소리가 들렸다.

"샤스틸 님! 혼자 밖에 다니시면 위험합니다!"

"아무쪼록 저희가 경호를 맡을 수 있게 해주십시오!"

달려온 건 답답한 세 기사였다. 자간을 보더니 샤스틸을 지키듯 앞을 가로막고 섰다.

"앗, 네놈은 자간! 샤스틸 님에게 무슨 짓을 하고 있는 거냐!"

이 추한 몰골들은 잊는 게 더 어려웠기 때문에 자간도 고개를 끄덕였다.

"아, 너희들은……, 창천의 세 바보라고 했던가?"

"창천의 세 기사다!"

"뭐가 됐든 상관없어. 이 녀석에게 별다른 용건은 없……——?"

쫓아내려고 하는데 바로 옆에 있는 포레의 눈동자에 살기가 깃든 게 보였다. 팔은 용의 발톱으로 변했다.

"그만둬."

자간이 낮은 목소리로 말하자 포레는 움찔 몸을 떨었다.

"……왜?"

"이 마을에는 네피의 친구가 많다. 이런 곳에서 날뛰면 죽는 사람이 나오잖아."

그러자 포레는 굉장히 불만스러운 표정을 짓기는 했지만 시키는 대로 뒤로 물러났다.

——이 세 바보 녀석들, 포레와도 다툰 적이 있나?

마술사를 본 순간 즉시 적의를 드러내는 모습을 보니, 다른 마술사와도 분쟁이 있었을 거라는 사실은 쉬이 상상할 수 있다.

하지만 세 기사는 포레의 살기를 눈치채지 못한 채 자간만 노려보고 있었다. 〈망령〉으로 있을 때의 모습을 생각하면 포레의 지금 모습과 매치가 되지 않는 것도 무리는 아니지만.

귀찮아진 자간은 기사들을 내쫓듯 손을 흔들었다.

"용건이 없으면 어서 꺼져. 오늘은 바쁘다."

그렇지 않아도 이렇게 보는 눈이 많은 곳에서 마술사 자간과 성기사가 대화를 나누고 있어서 좋을 게 없다. 자간이야 딱히 곤란할 일이 없지만 샤스틸은 곤란해질 가능성이 높다.

──왠지 안 좋은 일이 있는 것처럼 보이는데.

샤스틸 말이었다.

그렇지만 〈마왕〉인 자간이 성검 소유자인 샤스틸을 도우려고 한들 도움은커녕 반대로 재난의 원인이 되기만 할뿐이다.

세 기사는 흥 하고 콧방귀를 뀌었다.

"그러지 않아도 우리는 원래부터 네놈과 대화를 나눌 혀 따윈 가지고 있지 않다!"

"자, 가시죠, 샤스틸 님. 지금은 샤스틸 님의 일만 생각하실 때입니다."

"에, 아, 잠깐……."

샤스틸은 끼어들 틈도 없이 기사들에게 끌려가고 말았다.

하지만 자간은 그들이 마지막으로 남긴 말을 놓치지 않았다.

──지금은 샤스틸 님의 일만 생각하실 때입니다──.

아무래도 샤스틸이 또 트러블에 휘말린 모양이었다.

네피도 알아차렸는지, 샤스틸의 뒷모습을 보는 눈동자에 불안한 빛이 떠올라 있었다.

"샤스틸 님, 괜찮으실까요?"

"글쎄. 그래도 인망이 두터운 녀석이니까 의지할 수 있는 사람도 있을 거다."

마술사인 자간이 끼어들어도 그녀의 입장만 곤란해질 뿐이다.

신경 쓰이지 않는다고 하면 거짓말이지만 지금은 기사들의 뒷모습을 노려보고 있는 포레의 태도가 더 신경 쓰였다.

"그보다 포레. 저 놈들과 무슨 일이라도 있었나?"

"……마술사가 성기사를 싫어하는 게 이상해?"

"아니, 그건 자연스러운 거지."

아무래도 말하고 싶지 않은 일인 모양이다. 용의 발톱으로 변했던 팔은 원래대로 돌아왔지만 노골적으로 대답을 얼버무렸다.

——방금 그건 명확한 증오였는데…….

얼마 전에 자간의 성을 습격했을 때 보인 적의와는 근본적으로 다른 것이었다. 만약 자신에게도 그런 증오를 보였다면 그녀를 곁에 두려는 생각은 하지 않았을 것이다.

자간은 어깨를 으쓱이며 그들이 사라진 방향을 바라봤다.

——성가신 일이 생기지 않으면 좋겠는데…….

하지만 한숨을 내쉬는 자신이 이미 그 '성가신 일'로부터 모두를 지키려 하고 있다는 사실은 알아차리지 못했다.

◇

"다 왔다. 이곳이 마왕전이다."

마르코시어스의 거성은 오래된 유적을 보수한 곳이었다.

예전에 네피와 만난 불법 경매장과 비슷한 공간이다.

대부분은 흙 속에 파묻혀 있지만 이 지하 동굴은 작은 가게 정도는 그대로 들어갈 수 있을 만큼 넓었고, 그곳을 가득 메운 성의 벽면은 제법 박력이 있었다. 돌로 된 벽의 중앙에는 성으로 이어지는 문이 있다.

자간과 네피는 전에 이곳에 와본 적이 있지만 처음 와보는 포레는 압도당한 것처럼 몸을 한껏 젖힌 채 올려다보고 있었다.

성기사와의 다툼 따윈 이미 잊은 기색이다.

"지하에 이런 건물이?"

"그래. 원래는 지상에 있었는데 땅속으로 가라앉은 거다. 지각 변동인지 마르코시어스의 마술 때문인지는 모르지만."

성 자체도 몇 백 년 이상 된 것이라 마술의 흔적을 찾는 건 쉬운 일이 아니었다.

그렇지만 성 하나가 통째로 가라앉을 만한 지각 변동이 일어났다면 어떤 기록이 남아 있을 터. 그렇다면 역시 마르코시어스의 마술에 의한 것이리라.

지금의 자간도 흉내 낼 수 없는 엄청난 힘이다.

——내가 내 주장을 밀고 나가기 위해서는 그런 괴물을 열두 명이나 상대해야 한다는 건가.

그러나 네피가 햇빛이 비치는 곳에서 지낼 수 있도록 지키기 위해서는 언젠가 충돌해야 할 장해물이다.

새삼 그 어려움을 곱씹고 있는데 포레가 불쑥 중얼거렸다.

"왠지 그리운 느낌이 들어."

자간의 눈이 동그래졌다.

"여기 와본 적이 있나?"

"아니. 그냥 전에 살던 곳과 분위기가 비슷한 것 같아서."

"그게 정말이야?"

자간은 쭈그리고 앉아서 포레와 눈높이를 맞추며 물었다.

어린 용족 소녀는 깜짝 놀라 눈을 동그랗게 떴지만 이내 고개를 끄덕였다.

"응. 성은 없었지만 동굴 생긴 모습이 비슷해. 그리고 냄새도."

"냄새……라면?"

"마력의 냄새. 아마 여기 용이 살았을 거야."

예상치 못한 말이었다.

――용의 유적……이라는 건가.

그게 사실이라면 자간이 찾아내지 못한 것도 알 수 있을지 모른다. 아무리 어려도 포레는 용이니까.

"좋아. 성안에서 용과 관련된 것이 있으면 즉시 보고하는 거다. 아무리 작은 거라도 상관없어."

"알았어. 그런데 마음에 드는 책이 있으면 읽어도 돼?"

"……돌아갈 때 가지고 가도 되니까 읽는 건 나중에 해."

"응."

정말 알고 있는 걸까.

뺨이 발그레하게 달아오른 포레는 왠지 기뻐 보였다. 동포의 잔향을 맡고 흥분한 걸까?

──아, 그래서 성기사들의 일은 아무래도 상관없어진 건가.

아이들은 금방 다른 곳에 흥미를 보이기도 하고 말이다.

자간은 어이없어하며 성문을 열었다.

그 순간, 싸늘한 공기, 그리고 곰팡이와 먼지의 냄새가 밀려들었다.

실내는 불빛 하나 없이 저승으로 이어지는 것 같은 어둠이 깔려 있었다. 게다가 지금도 〈마왕〉의 마력이 남아 있는 듯한 위압감이 감돌고 있었다.

마르코시어스는 인간을 가까이 두지 않았다고 한다. 사역마나 골렘(인조생명체)을 만들어서 시중을 들게 했던 것이다.

하지만 그것도 마르코시어스의 죽음과 함께 이곳을 떠났거나 원래 모습인 흙덩이가 되어 자취를 감췄다.

따라서 이 성의 전모를 아는 자는 존재하지 않는다.

네피가 로브 자락을 꼭 잡았다.

그 손을 살짝 잡아준 다음, 자간은 성안으로 발을 내딛었다.

한 발 내딛자 주인의 귀환을 감지한 마법진이 벽에 있는 촛대에 불을 밝혔다. 수면에 파문이 이는 것처럼 어둠이 걷혔지만 그곳에 감도는 위압감은 반대로 더 심해졌다.

"자간, 저건 뭐야?"

포레가 가리킨 것은 그들을 내려다보고 있는 듯한 커다란 조각상이었다.

문 너머는 커다란 홀로 이루어져 있는데 그곳에는 마족을 본뜬 것 같은 동상이 우뚝 솟아 있었다.

"음. 골렘인 키메라인지 모르겠지만 마술로 만들어낸 생물의 일종인 것 같군."

이곳을 관리하던 자들 중 살아남은 일부일 것이다. 완전히 석화해서 마력의 흔적조차 느껴지지 않았지만.

대답을 들은 포레의 눈이 휘둥그레졌다.

"생물……이면 살아 있는 거야?"

"그런 것 같군. 유감스럽게도 해방시켜주는 방법도 사역하는 방법도 모르겠지만."

조각상 주위에는 결계가 쳐져 있었고, 이 또한 어떤 장치라는 것은 알 수 있었지만 자간도 그 정체는 아직 파악하지 못했다.

"이곳의, 문지기 같은 건가요?"

네피가 고개를 갸웃거리며 말했다.

"아마 그렇겠지. 원래 주인인 마르코시어스의 목숨이 다하면서 제대로 기능하지 못하게 된 것 같다. 섣불리 만졌다가 폭주라도 하면 골치 아프니까 손대지 마."

"으, 응……."

네피에 이어 포레까지 로브 끝자락을 잡아왔다.

한숨이 나올 것 같기도 하면서 흐뭇해서 얼굴이 풀어질 것 같은 복잡한 심정으로 자간은 홀을 둘러봤다.

그 외에도 2층으로 이어지는 계단에는 수수께끼 같은 보석이 놓여 있고, 좌우로 뻗어 있는 통로에는 마술을 걸어둔 장식품이 몇 개나 늘어서 있었다. 바닥에도 한 번도 본 적 없는 '회로'를 넣은 마법진이 설치되어 있었다.

현재로선 이 성의 규모가 어느 정도 되는지도 파악하지 못했다.

이 장치들의 정체를 규명하고 장서와 마술도구의 전모를 장악하는 데만도 몇 년이라는 시간이 필요할 것이다.

——역시 부하가 필요해.

이곳을 관리하고 자간을 위해 정보를 정리해줄 수 있는 인간 말이다.

하지만 자신을 배신하지 않는……, 아니, 정확히는 요구에 응해줄 수 있는 마술사를 찾는 게 여간 힘든 일이 아니다. 포레는 그 조건을 만족시키기는 하지만 그녀가 제안을 받아줄지는 또 다른 이야기다.

문제가 너무 많아 머리를 싸매고 있던 자간은 일단 서고를 향해 걸음을 옮겼다.

그때 포레가 외쳤다.

"자간, 이 마법진 봤어?"

포레가 가리킨 것은 바닥에 그려진 마법진이었다. 큰 걸음으로 서너 걸음 정도 되는 크기로 수정을 집어넣은 아주 정교한 구조였다. 마술이 경지에 오르면 이렇게 아름다워지는 건가 싶어서 넋을 잃고 바라볼 뻔했다.

"봤냐니?"

자간이 고개를 갸웃거리자 포레는 당연하다는 듯이 이렇게 말했다.

"이건 용의 술식."

"뭐, 사실이냐?"

"응."

용에게만 전해지는 '회로'가 있는 모양이다. 이 마법진도 마술로서의 구조는 자간이 아는 것과 다를 게 없다.

——천 년을 살아온 〈마왕〉이라면 용의 술식에 정통하다 해도 이상하지는 않지.

고작 18세 밖에 되지 않은 자신은 도저히 해명할 수 없는 힘이지만.

생각보다 빨리 밝혀진 새로운 사실에 감동하고 있자 포레는 자신만만한 얼굴로 자간을 올려다보았다.

"자간이 말한 대로 잘 보고했지?"

그 모습은 아무리 봐도 용이라는 흉악한 생물로 보이지 않아서 자간도 자연스럽게 머리를 쓰다듬어줬다.

"음. 잘했다, 포레."

"응."

괜히 낯간지러워서 눈을 가늘게 뜨자 포레는 이번에는 네피에게 달려갔다.

"네피, 자간에게 칭찬 받았어."

"잘됐어요, 포레."

네피도 머리를 쓰다듬어주자 포레는 만족스러운 듯이 한숨을 내쉬었다.

그런 모습을 보자 네피를 지켜주고 싶은 마음과 똑같은 감정이

솟았다.

——인정하고 싶진 않지만 이게 바로 보호 욕구라는 건가…….

처음에는 부정하려고도 했지만 이렇게 되면 인정하지 않을 수 없다. 자간은 자신의 안에서 생긴 변화에 당황하면서 포레에게 물었다.

"포레, 이게 무슨 장치인지 알아?"

"아마 문 같은 걸 숨기고 있는 걸 거야."

용의 술식까지 사용한 **봉인**이다.

——이 앞에 성의 본체가 있단 말인가.

어쩐지 지난번에는 별다른 지식을 얻지 못했더라니.

"열 수 있나?"

"응."

포레는 마법진에 손을 올리고 그 구조를 알아보기 시작했다.

자간이 그 모습을 지켜보고 있자 네피가 옆으로 다가왔다.

"왜 그래?"

"아뇨, 저……."

자간이 고개를 갸웃거리자 네피는 보기 드물게 머뭇거리며 입만 우물우물 움직일 뿐이었다. 뭔가 부끄러워하고 있는지 뾰족한 귀 끝은 새빨갛게 물들어 있다.

그리고 제발 좀 알아달라는 것처럼 눈을 살짝 치뜨며 자간을 올려다보았다.

——〈마왕〉인 내가 시험당하고 있는 건가……?

설마 네피에게 이런 시련을 당하게 될 줄은 몰랐다.

자간은 필사적으로 머리를 굴렸다.

——이건 뭔가를 조르는 건가?

네피가 그런 식으로 자기주장을 하는 건 아주 드문 일이다. 어떻게든 눈치채주고 싶다.

그런 다음 방금 전에 본 포레의 만족스러운 얼굴이 떠올랐다.

자간과 네피의 칭찬을 받은 소녀는 누가 봐도 알기 쉽게 환한 미소를 지었다.

——하지만 네피도 기회가 있을 때마다 되도록 많이 칭찬하고 있다고 생각했는데…….

물론 자간의 입에서 솔직한 감사의 말이나 칭찬이 나오는 건 쉬운 일이 아니다.

그래도 가능하면 자신의 마음을 형태로 만들어 보이려 노력하고 있었고, 네피도 그 점을 알아주고 있다고 생각했다.

——그렇다면 다른 일인가?

포레와 나눈 대화에서 크게 벗어난 건 아닐 듯했다.

기분 좋게 실눈을 뜨고 있는 포레의 모습을 떠올렸다.

——아, 그거였구나!

그제야 답을 알았다.

자간은 긴장된 얼굴로 네피를 마주 보았다.

"네피."

"아, 네……."

“거기 가만히 있어.”

“……?”

마치 이길 가능성이 없는 적과 마주친 것처럼 심각한 얼굴을 한 자간을 보고 네피도 눈을 커다랗게 떴다.

네피의 새하얀 목이 꿀꺽 침을 삼키는 소리가 났다.

그리고 그 부드러운 백발에 가만히 손을 올렸다.

말로 하지 못하는 네피의 조름. 자간이 생각한 답은——,

네피의 머리를 쓰다듬어준다——였다.

역시나 네피는 기분 좋은 듯 눈을 가늘게 뜨고 가만히 한숨을 흘렸다.

——예전에 네피가 내 머리를 쓰다듬어준 적이 있었지.

네피는 자간에게 무릎베개를 해준 데다 그의 머리를 쓰다듬어 준 적이 있다. 지금까지의 인생에서 손에 꼽을 만큼 행복한 순간이었다.

그런데도 자간은 아직 거기에 대한 보답을 하지 않았다. 눈앞에서 포레의 머리를 쓰다듬어주는 걸 보고 왠지 모르게 부러워진 모양이다.

네피는 만족스럽게 귀 끝을 떨더니 자간의 몸에 가만히 기댔다.

——왠지, 이런 것도, 나쁘지 않군.

아무 말을 하지 않아도 마냥 좋았다.

또 네피가 이런 태도를 보이는 것도 둘만 있었을 때는 없었던 일이다.

포레라는 동거인이 생기면서 네피 안에서도 어떤 욕구가 생겼다는 뜻이리라.

살기를 포기했던 첫 만남 때와 비교하면 극적인 변화다.

"……."

그런 생각을 하며 헤벌쭉한 얼굴로 있는데, 어느새 포레가 이쪽을 뚫어져라 쳐다보고 있었다.

재빨리 떨어지는 자간과 네피.

"왜, 왜 그러냐, 포레?"

"문, 열었어."

가만히 보니 소녀의 앞에는 지하로 내려가는 계단이 입을 쩍 벌리고 있었다.

"음, 수고 많았다!"

자간은 서둘러 계단을 내려갔다.

◇

비밀 계단의 끝에는 역시 거대한 서고가 있었다.

천장은 한 층 위까지 뚫려 있고 고개를 들어야 볼 수 있을 정도로 높은 서가가 일정한 간격으로 줄지어 있다. 당연히 벽도 모두 서가로 채워져 있었다.

대충 둘러보기만 해도 장서는 수만 권에 달할 것 같다. 이 책을 다 읽고 이해하려면 10년 이상은 족히 걸릴 것이다. 서가에 있는 책들도 상당히 오래된 것들이 많았는데, 그중에는 손으로 직접 만든 것까지 있었다.

마르코시어스가 천 년에 걸쳐 수집하고 정리한 책들이다.

자간은 포레에게 시선을 주었다.

"잘했다, 포레. 바로 여기인 것 같다."

찾아보면 또 다른 비밀 공간이 있을지도 모르지만 현관홀이라는 눈에 띄는 위치에 용의 술식까지 사용해서 봉인해둔 곳이다. 사용 빈도가 높으면서 중요한 곳이었을 가능성이 높다.

자간은 네피와 포레를 향해 돌아섰다.

"마족과 〈마왕의 각인〉에 관한 기술이 있는 책은 죄다 모으는 거다."

핵심에 가까운 것이 아니더라도 그것에 관한 '회로'를 모아가다 보면 그 전모도 보이게 될 것이다. 마술사가 책을 읽어서 손해 보는 일은 없다.

네피는 스커트 자락을 살짝 들고 허리를 숙였다.

"알겠습니다."

네피에게는 전에 왔을 때 필요한 것들을 가르쳐줬다. 이번으로 두 번째니 목차와 제목을 보고 어떻게 찾아내면 되는지 익숙해졌을 것이다.

그 옆에서는 포레가 기대에 찬 눈으로 자간을 올려다보았다.

"……너도 마음에 드는 책을 발견하면 들고 가도 괜찮아."

"응!"

포레가 고개를 끄덕이자 각자 원하는 방향으로 흩어졌다.

자간도 일단 이곳의 장서들이 어떤 식으로 정리되어 있는지 알아봤다.

——이 정도 규모의 서고라면 비밀 계단 같은 게 더 있을 것 같은데.

서가에 꽂힌 책에 장치가 되어 있어서 그것을 조작하면 또 다른 계단이 나타나는 것은 마술사의 아지트에서 흔히 볼 수 있는 광경이다.

비록 넓은 공간이지만 이곳에 찾고 있는 책이 없으면 더 안쪽을 찾아봐야 할지도 모른다.

서가에 꽂힌 책등을 비스듬히 읽어나가다 다시 포레와 마주쳤다. 같은 서가를 사이에 두고 탐색하고 있었던 모양이다.

자간의 얼굴을 올려다본 포레는 고개를 갸웃거렸다.

"자간, 기뻐 보여."

"그렇게 보이나?"

"응."

자간은 자신의 얼굴을 만졌다.

웃고 있는지 어떤지 모르겠지만 듣고 보니 기분이 좋은 것 같기도 했다.

"뭐, 이렇게 책이 많이 모여 있으면 기분이 고양될 법도 하지."

"그 심정 이해해."

포레가 동의한 건 의외였다.

"책 읽는 건, 싫어하지 않아."

"그러냐."

이 작은 소녀가 무거운 책을 들고 우왕좌왕하고 있는 모습을 상상해봤다. 마뉴엘라는 아니지만 자신도 모르게 얼굴에 미소가 떠오를 것 같았다.

그런 자간에게 포레는 또 의아해하며 질문을 던졌다.

"자간은 다른 사람의 마음을 읽을 수 있어?"

"……? 글쎄, 어떨까."

질문의 의미를 몰라 대충 얼버무리듯 대답하자 포레는 의외로 진지한 눈으로 그를 쳐다봤다.

"자간은 네피가 뭘 원하는지 말하지 않아도 알았어."

아까 머리를 쓰다듬어줬을 때를 말하는 모양이다. 이렇게 들으니 새삼 부끄러워서 죽을 것 같다.

자간은 쑥스러움을 얼버무리려는 듯 콧등을 긁적였다.

"네피가 늘 나를 배려해주고 있으니 나도 어느 정도는 알아줘야지. 안 그러면 면목이 안 서니까."

한 번 상처를 주고 쫓아냈는데도 네피는 모든 것을 다 이해해주고 돌아왔다.

그래서 거기에 보답하고 싶었다.

그렇게 대답하자 포레는 쓸쓸한 듯 고개를 숙였다.

"조금, 부러워."

이 말에는 자간도 의아해하며 눈썹을 찌푸릴 수밖에 없었다.

"왜 남 일처럼 말하는 거지?"

"에……?"

"용이 몇 년을 사는지는 모르겠지만 마르코시어스는 천 년이나 살았다.”

무슨 말을 하려는지 모르겠다는 듯 멍하게 있는 포레의 모습에 자간은 시선을 피하며 이렇게 말했다.

“천 년이나 되는 시간이 있으면 굳이 말하지 않아도 알 수 있게 되지 않을까.”

물론 그 옆에는 네피도 있다.

그 천 년을 자유롭게 살기 위해 자간은 지금 이렇게 서둘러 지식을 모으고 있는 것이다.

포레는 믿을 수 없다는 표정을 지었다.

“같이, 있어줄, 거야……?”

“네가 어디를 가든 간섭할 생각은 없지만 말이야.”

“——여기 있을 거야.”

그러면서 포레는 자간의 팔에 매달렸다.

——이런 건 내 성격에 안 맞는데…….

그래도 어쩔 수 없다는 듯 포레의 머리를 쓰다듬어줬다.

하지만 언제까지고 이러고 있을 수는 없는 노릇이다. 포레를 팔에 매단 채 서가를 뒤적이고 있자 갑자기 포레가 고개를 들었다.

“이건……?”

포레가 서가에서 책 한 권을 꺼내 들었다.

그 얼굴에 갑자기 험악한 빛이 떠올랐다.

책의 제목은 『열두 자루의 성검』이다. 성검은 마술사에게는 천

적이다. 그 정보를 모은 책인 것 같은데…….

포레가 책장을 휙휙 넘기는 것을 보던 자간은 '앗'하고 외쳤다.

"잠깐 줘봐."

"우~……."

포레가 불만스럽게 신음하며 노려봤지만 거기에 신경 쓸 여유는 없었다.

책에 기록된 내용은 성검에 새겨지는 문자를 모사한 것이었다.

자간은 자신의 오른손으로 시선을 떨어뜨렸다.

——역시!

번갈아 보니 〈마왕의 각인〉은 성검에 새겨지는 문장과 아주 비슷한 특징을 가지고 있었다.

똑같다고 할 수 있을 정도는 아니다. 하지만 이것이 문자라면 동일한 원류를 가지고 있는 게 아닐까 싶을 만큼 공통된 부분이 많았다.

그 정도의 유사성이었기 때문에 샤스틸과 만났을 때도 알아보지 못했던 것이다. 게다가 오늘 만났을 때 그녀는 성검도 가지고 있지 않았다.

하지만 이렇게 기록과 비교해 보니 확신이 들었다.

——즉, 성검을 조사하면 〈마왕의 각인〉에 대해서도 알 수 있다 이건가.

같은 체계의 문장이라면 한쪽만 알면 나머지 한쪽도 이해할 수 있을 터.

자간은 포레에게 책을 돌려줬다.

"잘했다, 포레. 성검에 대한 책도 모아줘. 나도 찾아볼 테니까."

"……으, 응!"

포레는 성기사나 그와 비슷한 사람에 대한 증오 때문에 성검에 관심을 가지게 된 것이리라. 그래도 그 목소리에는 기대와 환희의 빛이 짙게 녹아 있었다.

이 사실을 네피에게 알린 후, 셋이서 돌아다니며 찾은 결과, 성검에 대한 책을 몇 권이나 더 발견할 수 있었다.

“처음 뵙겠습니다, 성기사장 라파엘 휴랜더 님. 샤스틸 릴키비스트라고 합니다.”

교회 큐아노에이데스 지부 대성당.

자간 일행이 마왕전을 탐색하고 있을 때, 샤스틸은 머리를 숙이고 자신의 이름을 밝히고 있었다.

성기사로서의 권한이 동결된 샤스틸은 성검뿐만 아니라 세례 갑옷도 걸치는 게 허락되지 않았다. 자간 일행과 만난 후 예복으로 갈아입기는 했어도 평범한 인간 소녀에 지나지 않았다. 뒤에는 늘 그렇듯 부하인 세 기사도 정렬해 있었다.

그 성기사는 초로의 나이라는 사실이 믿기지 않을 만큼 엄청난 위압감을 자랑하는 남자였다.

제일 먼저 눈에 들어오는 것은 뺨에서 미간에 걸쳐 깊이 새겨진 흉터다. 백발이 섞인 금발은 짧게 깎여 있고, 감청색 눈동자는 보는 사람을 쏴 죽일 것처럼 날카롭게 빛났다. 그리고 세례 갑옷이 갑갑해 보이는 거구. 강인해 보이는 턱에 이목구비까지 뚜렷해 기가 약한 사람이 보면 졸도할 만큼 흉악하게 생긴 얼굴이다.

등에는 커다란 검을 메고 있었다.

성검이다.

열두 자루의 성검은 모두 똑같은 모양이다. 즉, 샤스틸이 물려받아 가지고 **있었던** 성검과 똑같이 생긴 검일 텐데도 한손검으로 보일 정도였다.

마술사 토벌 역사상 가장 많은 499명을 죽인, 교회의 힘의 상징. 그가 바로 라파엘이라는 성기사장이었다.

뒤에 서 있는 세 기사도 딱딱하게 굳은 채 올려다보는 것 말고는 아무 행동도 못하고 있었다.

그런데 라파엘의 주위에 다른 기사의 모습은 보이지 않았다.

——성기사장이 호위도 없이 혼자 이곳에……?

성기사장은 교회 최대의 전력이기 때문에 꼭 지켜야 하는 존재다. 마술사를 토벌할 때는 앞장서서 싸우는 것이 샤스틸을 비롯한 성기사장들이지만, 자신을 지키는 부하는 반드시 데리고 다닌다.

그런데 이곳에 온 사람은 라파엘 한 명 밖에 없었다.

강한 것은 사실이지만 경솔하기 그지없는 행동이었다.

라파엘은 머리부터 발끝까지 샤스틸을 죽 훑어보더니 얼굴에 미소를 지었다. 바위에 생긴 균열 같은 미소였다.

"네가 그 유명한 〈성검의 소녀〉인가. 교회의 명령에 불복해서 근신 중이라고 들었는데 얼굴을 보니 잘 지내는 것 같군."

교회의 명령에 불복——자간을 감쌌다는 이야기는 외부에까지 알려지지는 않은 모양이다. 아마 크라벨 추기경이 배려해준 덕분이리라.

"황송하옵니다."

샤스틸이 조용히 대꾸하자 라파엘은 흥 하고 콧방귀를 뀌었다.

"네가 지금까지 벤 마술사는 몇 명이지?"

첫 질문이 고작 그런 건가, 하는 생각에 샤스틸은 입술을 깨물었다.

"……자랑할 만한 숫자는 아니라고 생각합니다."

"호오……."

라파엘은 위압적인 분위기를 풍기며 두 눈을 가늘게 떴다.

(샤, 샤스틸 님, 말투에 좀 더 주의하십시오!)

(왜소한 저희들이 목숨을 방패로 삼더라도 어디까지 샤스틸 님을 지켜드릴 수 있을지 모릅니다.)

(에잇, 한심들하군. 이 목숨, 샤스틸 님을 위해 버리기로 맹세하지 않았나!)

세 기사는 작은 목소리로 마구 떠들어댔지만 라파엘이 힐끔 쳐다보자 덜덜 떨면서 입을 다물었다.

――기분을 상하게 했나.

가장 많은 마술사를 죽여온 성기사다. 배신한 아군을 베는 일을 새삼 망설일 이유가 없다. 솔직히 샤스틸은 오늘 여기서 목이 베일지도 모른다는 각오 정도는 하고 있었다.

생각해보면 이 남자를 마중 나가야 하는데도 마을을 돌아다녔던 건 마지막으로 누군가와 이야기를 하고 싶었기 때문인지도 모른다.

――거기서 자간과 네피를 만난 건 정말 운이 좋았어.

……뭐, 자신을 기억조차 못하는 모습에 충격을 받고 울었지만.

그런데 라파엘은 오히려 반항적인 태도를 취하는 샤스틸을 보

고 재미있다는 듯 호쾌하게 웃었다.

"핫핫핫! 내 앞에서 그런 식으로 말하는 사람은 오랜만에 보는군. 여자가 그러는 건 당연히 처음이고. 아주 유쾌해. **저승**에서 그 영예를 자랑하도록."

공기가 팽팽하게 긴장된다.

——역시 이렇게 되는 건가……!

의례용 검은 가지고 있지만, 성검을 가지고 있지 않은 샤스틸은 무방비 상태나 마찬가지다. 라파엘에게는 벌레를 밟아죽이는 것과 다름없을 터.

"으, 으아아앗, 어서 도망치십시오, 샤스틸 님!"

세 기사들이 앞으로 튀어나왔다. 하지만 이 거한을 상대하기에는 너무 약하다.

그때였다.

"라파엘 님, 내 기사들에게 무슨 짓을 하고 있는 건가!"

거구의 기사를 일갈한 것은 늙은 추기경이었다.

대성당의 안쪽, 추기경의 집무실이 있는 곳에서 거친 발소리를 내며 달려왔다.

"흥. 크라벨인가. 종이 위가 아니면 제대로 된 생각도 못하는 남자에게는 용건이 없다."

"네가 용건이 없더라도 내겐 기사들을 지킬 의무가 있어. 여기서 네 좋을 대로 하게 놔두진 않을 거다."

마음 든든한 말에 샤스틸은 눈물이 날 것만 같았다.

라파엘은 추기경에 대한 경의도 없이 그를 마주 노려봤다.

"그건 그렇고, 이 녀석에게서 성검을 박탈했다고 들었는데?"

"박탈이 아니라 일시적으로 맡아두고 있는 것뿐이다."

"그게 그거 아닌가? 어디에 있지?"

그 말에 크라벨의 눈빛이 험악해졌다.

"……그걸 알아서 어쩌려는 건가?"

"뻔한 것 아닌가? 검은 휘둘러야 그 가치가 있는 법. 장식품처럼 검집에 넣어두기만 해봤자 무슨 의미가 있지?"

크라벨은 말의 의미를 헤아리듯 조용히 물었다.

"샤스틸에게 돌려주라는 말인가?"

"굳이 말로 해야 알겠나? 성검은 자신의 의지로 소유자를 선택한다. 소유자가 살아 있는 한 다른 누구도 다루지 못해."

그리고 거기서 말을 한 번 멈추더니 샤스틸을 향해 힐끔 시선을 던졌다.

"샤스틸을 목 졸라 죽이기라도 하지 않는 한은 말이지."

마치 자신이라면 기꺼이 그 역할을 맡겠다고 말하는 듯한 잔혹한 미소에 크라벨도 뒷걸음을 칠 수밖에 없었다.

"어떻게 그런 말을 할 수 있나!"

크라벨은 가슴 앞에서 성호를 긋고 라파엘을 노려봤지만 그는 주눅 든 기색 하나 없이 말을 이어갔다.

"뭘 그렇게 무서워하지? 사실 아닌가? 애당초 성검 소유자가 성검을 어떻게 다루든 네놈들이 참견할 자격은 없을 텐데. 넌 뒤처리를 어떻게 할지만 생각하고 있으면 돼."

그건 성검에게 인정받기만 하면 어떤 학살이라도 긍정된다는 뜻이다.

——이것이 바로 최공의 성기사장…….

샤스틸은 기가 눌릴 것 같은 약한 자신을 질타하며 라파엘의 앞으로 끼어들었다.

"말씀이 지나치십니다, 라파엘 님. 우리가 자신이 원하는 대로 검을 휘두르게 되면 그것이야말로 바로 폭주입니다!"

무서워서 손이 떨렸다.

샤스틸은 떨리는 손을 꽉 쥐고 라파엘을 쏘아보았다.

"호오, 한 번도 아니라 두 번씩이나 내게 대드는 건가?"

오히려 라파엘은 이 상황을 즐기는 것처럼 중얼거리더니 추기경에게로 시선을 돌렸다.

"자, 어떻게 생각하나, 크라벨? 네놈이 지켜야 하는 기사의 목이 지금 곧 날아가게 생겼는데."

"크……."

이 남자라면 정말로 샤스틸을 벨지도 모른다. 추기경도 신음을 흘릴 수밖에 없었다.

——그런데 내게 다시 성검을 쥐어주려는 이유가 뭐지?

처형이 목적이라면 이 자리에서 베어버리면 된다. 상대방에게는 이미 대의명분이 갖추어져 있으니까.

——그렇다면 저항하는 상대를 희롱하려는 건가?

그런 남자가 성검의 선택을 받았다는 생각은 하고 싶지 않았지만, 달리 떠오르는 이유가 없었다.

"……알았다. 샤스틸, 따라오도록."

결국 라파엘의 주장에 두 손을 든 추기경은 샤스틸을 대성당 안쪽으로 데리고 갔다.

문 너머에는 붉은 양탄자가 깔려 있고 추기경과 성기사들이 집무를 보는 방의 문이 몇 개나 늘어서 있었다. 그 끝에 천사의 흉상 한 쌍이 지키는 문이 있었고, 그곳을 두 명의 성기사가 지키고 서 있었다.

아무리 라파엘과 세 기사라도 그 이상 따라오려고 하진 않았다.

그것을 확인한 크라벨 추기경은 작은 목소리로 속삭였다.

"지금 자네에게 이것을 돌려주는 게 옳은 일인지는 나도 모르겠네. 어쩌면 저 남자에게 자네를 벨 구실만 주는 셈이 될 수도 있어."

"……알고 있습니다."

라파엘의 진의는 알 수 없지만 샤스틸이 검을 뽑을 수밖에 없는 상황은 찾아올 것이다.

어쩌면 크라벨이 성검을 몰수한 이유는 주위에 본보기로 삼기 위한 것도 있었지만, 그보다는 샤스틸을 지키려는 쪽이 더 컸을지도 모른다.

이윽고 천사의 문 앞에 도착하자 문을 지키는 성기사들이 앞을 가로막았다.

"크라벨 예하, 무슨 일이십니까?"

"여기 있는 샤스틸에게 성검을 돌려줄 때가 왔다. 길을 비켜다오."

두 성기사는 서로 얼굴을 마주 봤지만 이내 옆으로 물러났다. 이곳의 최고책임자는 그다. 누구도 그의 앞을 막아서지 못한다.

추기경이 앞으로 걸어가자 문지기는 다시 샤스틸의 앞에 섰다.

"당신은 여기서 기다려주십시오."

원래라면 불경죄에 해당되는 태도였지만 샤스틸은 그 자리에서 얌전히 기다렸다.

잠시 후, 크라벨이 검 한 자루를 들고 돌아왔다.

"자네는 자신의 고난을 스스로의 손으로 개척해 나갈 수 있을 거라 믿네."

그리고 성검을 다시 샤스틸의 손에 건넸다.

◇

밤. 큐아노에이데스의 술집.

"푸히히히히히히! 네가 양녀라니, 진짜냐?"

큰 소리로 천박하게 웃는 사람은 악우 발바로스였다.

마왕전에서 새 책을 손에 넣은 후, 자간은 이 친구 녀석의 호출을 받고 혼자 마을로 돌아왔다.

――지금쯤이면 네피와 포레는 저녁을 다 먹었으려나…….

술집에 가게 되는 바람에 네피에게는 저녁은 필요 없다고 말해두었다. 셋이서 함께하는 저녁 시간을 희생하면서까지 이곳에 올 의미가 있었을까. 계속해서 자문하고 있는데 이 멍청한 놈은 눈치 없이 웃고만 있었다.

그렇다 보니 자간도 말이 곱게 나가지 않았다.

"……왜 네가 그걸 알고 있지?"

"깔깔깔, 자간, 일단 거울부터 보고 말하지 그래? 너처럼 흉악하게 생긴 놈이 아무것도 모르는 아이를 데리고 돌아다닌다는 이야기를 들으면 유괴라도 한 게 아닌가 하고 난리가 나는 것도 모르냐?"

어디까지 퍼졌는지는 모르겠지만 자간이 포레를 데리고 걷고 있었다는 소문이 온 마을에 다 퍼진 모양이다.

――뭐, 그만큼 포레에게 손을 대는 인간은 줄어들겠지만…….

자간의 이름을 알고도 그의 노여움을 사려는 인간은 없다. 있다고 해도 기껏해야 교회의 성기사 정도지만, 그들도 대책 없이 공격을 할 정도로 어리석지는 않다.

포레를 자신의 비호 아래 두었다는 소문을 내기에는 충분하다.

발바로스는 그 소문의 진위 여부를 확인하려고 자간을 불러낸 것 같았다.

"……그만 돌아가도 되겠나?"

"어이, 섭섭하게 왜 그러냐. 모처럼 네가 바라는 대로 맛있는 술도 먹여주잖아. 술안주 삼아 세상 사는 이야기 좀 한다고 벌 받는 것도 아니고."

자간이 오기 전부터 이미 거나하게 취해 있었던 모양이다. 발바로스는 건강에 문제가 있어 보이는 얼굴을 시뻘겋게 물들인 채 신나게 어깨동무를 해왔다.

확실히 술은 맛있었다.

얼음조각 위에 부은 브랜디는 자간도 처음 맛보는 술이었는데, 목이 타는 듯한 독한 맛 속에 순한 단맛이 혼재되어 있어서 자신도 모르게 한숨이 흘러나올 정도였다.

——네피는 술을 마실 수 있을까?

어차피 마신다면 이렇게 짜증 나는 남자가 아니라 사랑스러운 그 소녀와 함께 마시고 싶다. 성으로 돌아가는 길에 한 병 사 들고 가고 싶어졌다.

문득 정신을 차린 자간은 친근하게 어깨동무를 해오는 발바로스를 밀어냈다.

"……갑갑하게 왜 이래! 그리고 술이라면 성으로 가지고 와. 난 제자도 돌봐야 해서 바쁘니까."

"나 참, 그냥 노예 엘프랑 알콩달콩 지내고 싶어서 그런 거잖아."

"누, 누가 알콩달콩 했다는 거냐!"

"뭐어?"

발바로스는 코를 후비며 눈을 흡떴다.

——이 자식, 진짜 때리고 두고 갈까?

하지만 발바로스는 그런 싸늘한 시선은 신경 쓰지 않고 다시 어깨를 툭툭 두드렸다.

"그런데 그 소문의 아이는 누구냐? 산 제물을 바치는 건 네 스타일이 아니잖아? 그럼 애완 노예? 설마 또 제자라고 하려는 건 아니지?"

"……일단 너도 알고 있는 사람이야."

"뭐? 그렇다면 마술사? 여자냐?"

발바로스는 팔짱을 낀 채 골똘히 생각에 잠겼다.

"여자면서 마술사라면 〈요부〉 고메리인가? 하지만 그 녀석은 중증의 남성혐오증 환자고, 애당초 소녀도 아니야. 하지만 그 외에는……."

으음, 하고 고민하는 발바로스를 보면서 자간은 내심 마음을 놓았다.

――이 녀석이 이렇게 알아채지 못하는 걸 보니 포레가 용이라는 사실은 들키지 않은 것 같군.

사람들이 포레가 용이라는 사실을 알게 되는 것은 시간문제다. 마술……, 아니, 용으로 변하는 모습을 보면 월포레라는 사실도 알려질 것이다.

그것은 피할 수 없는 일이지만, 지금은 아직 이르다.

아직 적이 있다.

이제는 자간의 〈마왕〉으로서의 이름도 널리 알려졌는지, 그 사실을 인정하지 않고 공격하는 자도 더 이상 나타나지 않게 되었다. 자간이 노린 대로 마술사와 성기사 모두 그와 분쟁을 일으키는 것은 불리하다는 사실을 깨달은 것이리라.

그래도 완전하지는 않다.

신출내기 〈마왕〉의 발목을 잡기 위해 빈틈을 노리고 있는 마술사는 틀림없이 아직도 있다. 그 정도의 힘을 가진 마술사는 존재한다.

그들을 포기하게 만들기 위해서는 조금 더 시간이 필요하다.

자신의 목숨을 저울 위에 올릴 만큼 〈마왕〉의 이름과 유산은 매력적이기 때문이다.

——무시무시한 훈장을 하나 더 달 필요가 있을지도 모르겠군.

모든 마술사가 자간에게 덤벼서는 안 된다는 생각을 하게 만들 무언가 말이다. 네피와 포레, 자간이 지켜야 하는 사람이 둘이나 있으니까.

그런 생각을 하고 있는데 아직까지도 고민하고 있던 발바로스가 '아!'하고 외쳤다.

"맞다, 월포레!"

자간의 몸이 바짝 긴장되었다.

——이 자식, 포레의 정체를 알아챈 건가?

그리고는 평정을 가장한 채 고개를 갸웃거렸다.

"무슨 이야기지?"

"아니, 얼마 전에 네가 사는 성을 월포레가 습격했잖아? 가면을 쓰고 갑옷을 입은 그 덩치 큰 남자 말이야."

"……아아. 그러고 보니 그런 일이 있었지."

지금 포레의 모습에 익숙해져 있던 탓에 그 당시의 월포레와 동일 인물이라는 사실을 자꾸 잊게 된다.

"그게 어쨌다는 거지?"

자간이 고개를 갸웃거리자 발바로스는 곤란한 표정을 지었다.

"기억도 못하는 거냐? 소문으로는 행방불명이 되었다는데 결국 어떻게 된 거야? 네가 처리한 거냐?"

"글쎄. 내가 침입자를 어떻게 처리하는지 너도 잘 알고 있을 텐데?"

얼버무리듯 대답하자 발바로스는 천장을 올려다보았다.

"크으, 아깝다. 녀석의 정체는 용이라는 소문이 돌더라고. 사체라도 손에 넣으면 좋은 촉매로 사용할 수 있었을 텐데."

이런 인간이 있기 때문에 포레의 정체를 숨겨야 하는 것이다.

자간은 전혀 관심 없다는 듯 고개를 끄덕였다.

"아아, 그러고 보니 그런 이야기도 있었지."

"뭐야. 알고 있었으면서 또 그냥 밖에 내팽개쳐둔 거냐? 일단 물어볼게. 죽었어?"

"운이 좋으면 살아 있지 않을까?"

가능한 한 시치미를 뚝 뗀 표정을 지으며 대답하자 발바로스는 혀를 차며 물러났다.

그리고 다시 맥주잔을 기울이며 중얼거렸다.

"그것도 평소와 다를 게 없다는 거냐? 뭐, 됐어. 월포레보다는 네가 데리고 있던 꼬맹이의 정체가 더 궁금해. 도대체 누구야?"

——이 자식, 다 알면서 하는 말은 아니겠지……?

자간은 핵심을 찌르는 말에 얼굴이 일그러지는 것을 꾹 참고 어깨를 으쓱였다.

"……글쎄. 그냥 양녀라고 생각하든지."

"푸히히히히히히! 양녀로 맞은, 소녀라고……, 크흐흐흐흐!"

——……이 자식은 틀렸군.

눈물까지 흘리면서 웃어대는 친구 녀석을 진심으로 때릴까 고민하던 때였다.

갑자기 발바로스가 진지한 표정을 지었다.

"농담은 이쯤 해둘까."

"……드디어 본론이냐?"

이 남자도 그냥 세상 사는 이야기나 하자고 자간을 불러낼 만큼 한가하지는 않다.

"교회에 골치 아픈 녀석이 온 것 같더군. 그 녀석에게 교육을 좀 해줄까 싶어서."

"골치 아픈 녀석?"

"성검 소유자다. 전에 그 소녀가 아니야. 더 위험한 놈이다."

샤스틸 말고 다른 성기사장이 왔다는 말인 모양이다.

자간은 휴우 하고 한숨을 내쉬었다.

"성검을 움직이다니, 교회도 제법 요란하게 나오시는군. 신출내기 〈마왕〉 정도는 이길 수 있다고 생각한 건가?"

마술사와 교회의 불화는 천 년에 이른다. 당연히 그 긴 역사 속에서 〈마왕〉과 성검이 충돌한 적은 여러 번 있었다.

그러나 성검이 〈마왕〉을 물리쳤다는 기록은 있어도 죽인 기록은 없다.

그렇기 때문에 성검은 억지력은 있어도 〈마왕〉은 죽이지 못한다. 그것이 마술사와 교회의 공통된 인식이기도 했다. 교회가 이것을 뒤집고 싶어 하는 건 자연스러운 일이었다.

하지만 발바로스의 표정은 딱딱했다.

"그 녀석은, 글쎄다. 이번에 새로 온 성기사장은 보통내기가 아닌 것 같단 말이지. 마술사 토벌 역사상 가장 많은 마술사를 죽인 괴물이거든."

"……온화한 인물은 아니군."

"맞아. 지금까지 죽인 마술사의 수가 499명, 뭐가 그렇게 마음에 안 드는지 사흘에 한 번 꼴로 마술사를 죽인 셈이지. 그리고 그 기념비적인 500명 째로 네가 선택된 거고!"

예사롭지 않은 숫자에 자간도 눈썹을 찌푸렸다.

교회 측의 발표라면 다소 과장은 있겠지만 발바로스는 그런 숫자를 쉬이 입에 올리는 남자가 아니다.

자간은 흠 하는 소리를 내며 고개를 숙였다.

"묘하군. 아무리 성검 소유자라도 혼자서 마술사를 500명이나 죽일 수 있나?"

뭉뚱그려서 마술사라고 했지만 최소한의 힘만 가진 신출내기와 마왕 후보 사이에는 하늘과 땅만큼의 힘 차이가 있다.

마왕 후보의 '회로'가 10,000개라면 신출내기 마술사의 '회로'는 고작 100개 정도다. 신출내기를 100명 죽일 수 있다 해도 마왕 후보에게는 당해내지 못한다. 그런데 500명이나 죽였다니, 마왕 후보와 싸운 적도 한두 번이 아니었을 것이다.

덧붙이자면 같은 마왕 후보 중에서도 발바로스는 20,000개 넘는 '회로'를 가지고 있다. 단순히 마술사로서의 실력만 보자면 눈 앞에 있는 이 골치 아픈 남자는 자간보다 위다.

지난번에 싸운 샤스틸도 가진 실력을 다 내보인 건 아니지만, 그래도 마왕 후보와 싸워서 멀쩡할 수 있을 리 없다.

——성검 외에 다른 비장의 카드라도 있는 건가?

그렇게 의아해하고 있는데 발바로스가 맥주잔을 내려놓고 미소를 지었다.

"얘기가 나왔으니 말인데, 그 자식, 용을 죽여서 먹었다는 소문이 있어."

"……?"

자간은 자기도 모르게 벌떡 일어날 뻔했다.

"그게, 진짜냐?"

"그래. 교회는 용의 포식을 인정하지 않으니까. 비공식적인 정보이기는 하지만 놈이 용을 벤 건 사실인 것 같더라고. 용의 힘을 얻었다면 500명을 베는 것도 불가능한 일은 아니지."

——제길, 그렇게 된 건가.

자간은 마음속으로 이를 갈았다.

——마술사가 성기사를 싫어하는 게 이상해?——

포레는 성기사에게 어떤 원한을 가지고 있다. 그리고 처음 만났을 때부터 마술사나 용치고는 부자연스러울 정도로 힘을 원하고 있었다.

그리고 용을 죽인 성기사가 나타났다.

아직 확실한 건 아니다. 하지만 이 모든 것들이 아무 관계가 없기를 바라는 행운을 기대하는 건 무리가 있다.

자간은 발바로스를 힐끔 노려봤다.

"그나저나 오늘은 어째 주절주절 잘도 떠든다?"

"얼마 전 일도 사과할 겸 너한테 조공도 하는 거지, 뭐. 널 적으로 돌리는 것보다는 손을 잡아야 국물이라도 얻어 마실 수 있으니까."

"……말은 잘해요."

어이없어하고 있자 이번에는 자간의 잔에 브랜디를 따랐다.

"내가 유능한 건 알지? 너한테도 나쁜 이야기는 아닐 텐데."

"네가 그렇게 기특한 인간이라면 조금은 신용했을지도 모르지. ……그래서 원하는 게 뭐냐?"

브랜디를 기울이며 묻자 발바로스는 '히히히' 하고 웃으며 말을 꺼냈다.

"〈최장로〉의 유산, 나한테 관리를 맡겨보는 건 어때? 천 년이나 산 마술사다. 뭉뚱그려서 유산이라고 했지만 양만 해도 엄청나겠지. 너 혼자선 감당하기 힘들 텐데?"

안 그래도 고민하던 부분인데 녀석이 대놓고 정곡을 찌르자 이번에는 자간도 찡그린 표정을 감추지 못했다.

하지만 대답에는 망설임이 없었다.

"거절한다."

"도대체 왜!"

"……내가 보면 곤란한 게 있으면 숨길 거잖아."

"당연하지. 그게 왜?"

발바로스는 새삼 무슨 말을 하는 거냐며 눈을 동그랗게 떴다.

——이렇게 똑똑한 놈이 왜 이렇게 멍청한 거지……?

오히려 자간이 불안해질 정도였다.

"……하아. 유산인 마술서 몇 권을 줄 테니까 그냥 그 정도로 만족해."

"뭐, 그 정도면 적당한가. 역시 친구가 최고라니까."

그러더니 자간의 술잔에 자신의 맥주잔을 부딪치며 멋대로 건배를 했다.

바로 그때, 가게 안이 조용해졌다.

한 손님이 술집 문을 열고 들어온 것이다. 문을 등지고 있던 발바로스는 그것도 모른 채 신나게 떠들어대고만 있었다.

"그래도 어떤 책을 받을지는 내가 정해도 되지? 〈최장로〉의 유산인데 시시한 마술서를 넘기면 가만히 안 있을 거다?"

"……그런데 발바로스."

"어?"

자간은 브랜디가 담긴 잔을 높이 들어 그 너머에 있는 손님의 모습을 비추어 보면서 물었다.

"아까 말한 용을 죽였다는 성기사가 어떻게 생겼지?"

"어디 보자. 일단 아저씨답지 않게 풍채가 좋은 남자라고 들었어. 그리고 얼굴에 심한 흉터가 있다더군. 녀석이 벤 용에게 당했다는 소문이야."

"호오……?"

자간은 가게로 들어온 손님을 보면서 맞장구를 쳤다. 그리고 브랜디를 한 모금 더 마신 다음 귀찮다는 얼굴로 되물었다.

"그 흉터 말인데, 왼쪽 뺨에서 미간에 걸쳐서 나 있는 건가?"

"음, 아마 그럴 거야. 잘 알고 있네?"

"말도 안 되는 우연이지만 비슷하게 생긴 남자를 본 적이 있거든."

"그거 참, 다행히 목숨은 보전했네? 마술사를 죽이는 게 삶의 낙이라는 놈이라고. 눈만 마주쳐도 덤벼들 텐데."

자간은 깔깔거리고 웃는 발바로스의 뒤를 바라보고 있었다.

"아무래도 그 녀석은 지금부터 그럴 참인 것 같군."

"뭐……?"

그제야 시선을 느낀 발바로스가 어깨 너머를 돌아봤다가 새파랗게 질렸다.

그곳에는 얼굴에 흉터가 있는 커다란 남자가 성검을 짊어진 채 서 있었다.

◇

"라파엘, 휴랜더……!"

발바로스가 의자를 차서 쓰러뜨리며 일어났다.

성기사는 그쪽은 거들떠보지도 않은 채 자간을 똑바로 내려다보고 있었다.

——느닷없이 내 목을 베러 온 건가?

성검의 힘은 대단하지만 혈혈단신으로 〈마왕〉을 쓰러뜨릴 수 있다고 생각한다면 그건 오산이다. 그렇게 어리석은 사람이라면 지금까지 살아 있지도 않았을 것이다.

성기사의 목적을 알 수 없어서 눈썹을 찌푸린 채 있자 발바로스가 목소리를 떨면서 외쳤다.

"네, 네놈이, 여긴 왜 온 거냐!"

성기사는 그제야 발바로스에게 시선을 주었다.

그리고 바위 표면처럼 투박하게 생긴 얼굴에 미소를 띠었다. 얼마나 흉악하게 생겼는지, 운 나쁘게 발바로스의 뒤에 있던 점원 아가씨가 히익 하는 비명을 지르며 졸도할 정도였다.

직접 눈을 마주친 것도 아닌데, 실로 엄청난 안력(眼力)이었다.

물리적 압력마저 느껴지는 그 미소에 발바로스도 각오를 다지고 외쳤다.

"우, 우오오오오오오, 이 자식!"

발바로스의 두 손에 마력의 빛이 모이자 성기사도 등에 멘 성검을 잡았다.

"——그만둬, 발바로스."

탁, 잔을 테이블에 내려놓으며 자간이 조용히 말했다.

그 순간 발바로스의 손에서 뿜어져 나오던 마력도 흩어졌다. 그가 멈춘 것이 아니다. 자간이 '먹은 것'이다.

그런 다음 손가락을 허공에 대고 가볍게 흔들자 발바로스가 쓰러뜨린 의자가 원래 위치로 돌아왔다.

"일단 앉아. 술맛이 떨어지잖아."

"넌 뭐가 그렇게 느긋한 거야! 찍 소리도 못하고 목을 베일 작정이야?"

공포를 분노로 지우려는 것처럼 고함을 지르는 발바로스의 모습에 자간은 귀찮은 듯 머리를 흔들었다.

"……저 녀석, 별로 싸울 생각은 없는 것 같아서."

"뭐? 검을 잡고 있잖아!"

"네가 먼저 공격하려고 해서 그런 거잖아?"

발바로스가 마술을 발동시키자 성기사도 검을 잡았다. 자간은 그 모습을 놓치지 않았다.

——게다가 살기도 적의도 느껴지지 않아.

네피와 포레는 감정 표현이 서툴다. 아니, 포레는 감정 표현이 아니라 말수 자체가 적다.

어느 쪽이 됐든 얼굴만 보고는 모르는 일이 많았다.

그래서 무슨 생각을 하고 있는지, 어떻게 해주기를 원하는지, 그것을 알기 위해 관찰하다 보니 자간도 감정의 미묘한 흐름을 보는 버릇이 생긴 것 같았다.

흉터가 난 얼굴의 성기사는 땅이 갈라지는 듯한 미소를 지었다.

"이번 〈마왕〉은 제법 냉정한 것 같군."

"〈마왕〉은 사소한 일 하나에 호들갑을 떨지는 않거든."

하지만 그 서슬 퍼런 모습에서 적의가 느껴지지 않는 것도 기묘

해서 자간도 당황을 감추지 못했다.

자간은 마술을 이용해 일으켜 세운 의자를 봤다. 이 상황에서 다시 술을 마실 기분은 들지 않았는지, 성기사가 검에서 손을 뗐는데도 발바로스는 의자에 앉으려 하지 않았다.

"의자가 비어 있는 것 같은데 앉으시지?"

"호오……. 재미있는 남자군."

성기사는 흉터가 난 얼굴을 흉악하게 일그러뜨리며 자간의 맞은편에 앉았다. 발바로스는 그를 피하듯 거리를 두었다.

――네가 이야기하라고! 난 이렇게 바위 같은 남자와 할 이야기 따윈 없어!

분위기상 자리에 앉으라고 말하기는 했지만 딱히 무슨 생각이 있어서 그런 건 아니었다.

그저 네피와 함께하는 시간까지 희생하면서 왔기 때문에 술 정도는 맛있게 마시고 싶었던 것뿐이다.

그런데도 발바로스는 엮이기 싫다는 듯 멀찍이 떨어졌다. 심지어…….

"제길, 왜 마술사인 내가 이런 짓까지 해야 하는 거지?"

"저, 마술사님. 우리 딸아이는 괜찮을까요?"

"내가 어떻게 알아! 치유 마술은 내 전문이 아니지만 일단 할 수 있는 건 다 했어."

"오오……. 역시 자간 님의 일행이군요."

"일행은 누가 일행이라는 거야!"

주인으로 보이는 남자에게 연신 불만을 쏟아내면서도 졸도한 점원을 간호하고 있다. 단순히 정신을 잃은 것뿐이라 마술을 사용할 필요까지는 없을 것 같지만.

——나도 저쪽으로 가고 싶은데…….

자간이 마음에 품은 여자는 네피밖에 없지만, 이렇게 험상궂게 생긴 남자와 점원 아가씨, 둘 중 하나와 엮인다면 어느 쪽이 좋은지는 굳이 말할 필요도 없다.

하지만 계속 발바로스만 노려보고 있은들 달라지는 건 없다.

결국 자간은 성기사를 향해 고개를 돌렸다.

“나한테 무슨 용건이지? 드래곤 슬레이어.”

“라파엘이다.”

그렇게 대답하더니 흉터 남자——라파엘은 브랜디를 잔에 따랐다. 술병이 작아 보일 정도로 거대한 손이었다.

“내 동료가 신세를 졌다는 이야기를 듣고 얼굴을 보러 왔다.”

샤스틸 이야기인 모양이다. 자간은 별것 아니라는 듯 어깨를 으쓱였다.

“너와 비교하면 별 볼 일 없는 얼굴일 텐데?”

“하하하, 소문대로 그쪽도 참 사악한 얼굴이로군.”

악당처럼 생겼다는 건 알고 있었기 때문에 조금 기운이 빠졌다.

그걸 얼버무리려는 듯 자간은 잔을 기울였다.

“마술사를 죽이는 게 취미라고 들었는데 오늘은 괜찮나? 마술사가 눈앞에 두 명이나 있는데.”

점원의 간호를 끝냈는지 그대로 술집에서 나가려는 발바로스까지 끌어들여가며 물었다. 문고리를 잡으려던 친구는 찌푸린 얼굴로 다시 돌아왔다.

라파엘은 잔에 든 브랜디를 한 모금 마신 뒤 호쾌하게 웃었다.

"시답잖은 소리는. 난 떨어지는 불똥을 뿌리쳤을 뿐이야. 그걸 보고 주위에서 호들갑스럽게 떠든 거다."

흠, 하고 자간은 고개를 갸웃거렸다.

——왠지 발바로스가 한 이야기와 다른 것 같은데.

500명 가까운 마술사를 죽여온 살인광이다.

희희낙락해서 자간을 향해 검을 휘두를 줄 알고 어느 정도 각오도 하고 있었는데, 의외로 평범하게 대화를 이어가고 있었다.

자간의 역량이 어느 정도 되는지 가늠해보려는 걸까.

의아해하며 다시 술을 한 모금 마시자 이번에는 라파엘이 먼저 입을 열었다.

"샤스틸과 싸웠다고 들었다. 왜 죽이지 않았지?"

성기사답지 않은 말에 위화감을 느낀 자간은 미간을 찌푸렸다.

"마치 그 녀석에게 승산이 없었다는 식으로 말하는군?"

샤스틸과는 마음이 맞지 않는지도 모르지만, 그래도 성검 소유자가 마술사를 이기지 못한다는 식으로 이야기하는 건 그들의 자존심이 허락하지 않는 일이다. 게다가 당시의 자간은 〈마왕〉도 아니었다.

라파엘은 흥 하고 콧방귀를 뀌었다.

"그럼 반대로 묻지. 녀석은 너와 막상막하일 만큼 강했나?"

"글쎄……. 하지만 지금까지 싸웠던 인간들 중에서는 제일 힘겨운 상대였다."

발바로스에게도 잡혔던 소녀지만, 그녀가 진심을 다해 검을 휘두르는 모습은 자간도 본 적이 없다.

자간은 두 사람 모두와 싸워봤지만 정면으로 싸웠다면 과연 발바로스가 샤스틸을 이길 수 있었을지는 의문이다.

그렇게 대답하자 라파엘은 칼날처럼 두 눈을 가늘게 떴다.

"옳거니. 그러면 녀석도 '교회'의 입장에서 보면 충분히 위협이 될 수 있겠군."

"……? 무슨 뜻인지 모르겠는데, 도대체 무슨 말을 하는 거지?"

마치 샤스틸이 교회의 적이라고 말하는 것처럼 들린다만.

바위처럼 생긴 라파엘의 얼굴이 미소를 짓는 모양으로 일그러진다.

"놈은 〈마왕〉 토벌에 이의를 제기했다. 교회가 처형을 결정하기에는 충분한 이유지. 한때는 성검까지 박탈당했고. ……멍청한 이야기야. 성검은 소유자를 죽이지 않는 한 다음 성기사에게 계승하지도 못하는데."

그 말에는 자간도 눈을 커다랗게 뜰 수밖에 없었다.

――그 자식, 도대체 왜 그렇게 멍청한 짓을!

적당히 주위에 맞춰 살면 될 것을 대놓고 솔직하게 반발한 모양이다. 심지어 자간을 감싸가면서.

머리를 싸매고 한숨을 깊이 내쉬었다.

"……오래 살지 못할 것 같은 녀석이라는 생각은 했다만."

"맞아. 경고를 해줬는데도 도통 듣지를 않더라는군."

라파엘은 어쩐지 가여워하는 것처럼 말했다.

설마, 하는 생각에 자간의 눈이 휘둥그레졌다.

——이 자식, 샤스틸을 죽일 생각인가?

마술사를 죽이는 게 취미라면 그 마술사를 감싸는 성기사도 처형하고 싶어하는 게 당연하다.

이제야 이 남자에게서 살기가 느껴지지 않았던 이유를 알 것 같았다.

——나와 샤스틸 사이의 친분을 확인하러 온 거로군.

즉, 샤스틸을 베는 데에 정당성을 확보하러 온 것이다.

친분이 있는 건 자간이 아니라 네피지만, 방금 전 자신의 발언은 상대가 그렇게 받아들여도 전혀 이상할 게 없었다.

당했다.

라파엘은 자리에서 일어났다.

"자, 네게 볼일은 끝났다. 이만 돌아가지."

"……잠깐 기다려."

자간은 자신의 목소리가 싸늘해져 있는 것을 자각했다.

"무슨 일이지?"

라파엘은 한마디라도 잘못하면 그대로 검을 휘두를 것 같은 눈빛으로 뒤를 돌아보았다.

"샤스틸은 이 마을 사람들 사이에서 제법 호감을 사고 있다. 친구도 있어. 죽으면 슬퍼할 사람도 적지 않을 거야."

네피와 마뉴엘라는 분명 슬퍼할 것이다.

그래서 자간은 위압적으로 고했다.

"이 마을은 내 영지다. 너무 설쳐대면 가만히 두지 않겠다."

교회든 성기사든 상관없다. 큐아노에이데스에 살고 있는 이상, 샤스틸도 자간의 소유물이다.

그런 샤스틸을 마음대로 죽인다면 자간도 가만히 있지 않을 것이다.

자간이 비호한다는 건 바로 그런 것이다.

지금 여기서 그러지 않는 건 주위에 '방패로 삼을 수 있는 일반 시민'이 많다는 점과 아직 술을 마시는 중이라는 두 가지 이유 때문이다. 가게가 부서지면 마술로 고칠 수 있지만 인간을 고치는 건 어렵다.

하지만 그건 싸우고 싶지 않은 이유이지 싸울 수 없는 이유는 아니다.

――방패를 피하면서 때리는 건 귀찮으니까.

말뜻을 이해했는지 라파엘은 의외라는 듯 눈을 커다랗게 떴다.

"〈마왕〉이 그런 말도 하나?"

"〈마왕〉이기 때문에 오만한 거다."

그렇게 대답하자 라파엘은 호쾌하게 웃었다.

"핫핫핫, 역시 네놈은 내가 기대한 대로의 남자다. 암 그래야지. 그래야 교회가 혈안이 되어 죽여야 하는 '악'이지."

라파엘에게서 느껴지는 건 살기가 아니라 고양감이었다.

――마술사는 인간도 아니라고 생각하는 건가.

사람이 사냥을 하는 것과 똑같다. 동물을 사냥하는 데에는 살의

나 적의를 품지는 않는다. 그저 사냥감을 죽이는 일에 흥분할 뿐이다.

라파엘은 언제든 덤비라는 듯한 미소를 짓더니 술집을 떠났다.

긴장에서 해방된 술집 손님들이 그제야 휴우 숨을 내쉬었다.

발바로스가 의자에 털썩 앉는 것을 곁눈질하며 자간은 중얼거렸다.

"……마음에 안 들어."

"성기사가 마술사 마음에 들 리가 있냐? 지금부터라도 쫓아가서 죽이는 게 좋지 않을까?"

자간은 분해하며 고함을 지르는 발바로스를 보고 작게 한숨을 흘렸다.

"……그래. 그럼 네가 가봐, 발바로스."

발바로스는 경악해서 외쳤다.

"지금 나더러 죽으라는 거냐?"

"죽었으면 하는 건 사실이지만 착각하지 마."

"내가 죽기를 바란다고?!"

눈물을 글썽이는 친구 녀석을 귀찮게 쳐다보던 자간은 고개를 가로저었다.

"착각하지 말라고 했잖아. 그냥 샤스틸이 어쩌고 있는지 보고 오라는 거야."

발바로스의 통칭은 〈연옥〉이다.

연옥은 천계와 명부 사이에 있는 장소라고 하는데, 발바로스는 그곳과 비슷하게 차원의 틈 같은 곳에 마술로 만들어낸 이공간(異空間)을 가지고 있다.

그곳에 자유롭게 출입할 수 있기 때문에 붙은 통칭이었다.

예진에 네피와 샤스틸을 납치한 수완도 그렇고, 자간의 전이 마법진을 태연하게 빼앗는 힘도 그렇고, 이 남자는 전이와 소환에 뛰어난 마술사였다. 숨어서 샤스틸을 지키는 일 정도는 아무것도 아니다.

――그러니 마족 소환 같은 것도 해내는 거겠지.

〈마왕〉이 된 자간도 쉬이 흉내 내지 못하는 일이다. 〈마왕의 각인〉의 힘을 빌려야 간신히 해낼 수 있을 정도다.

하지만 발바로스는 노골적으로 싫은 표정을 지었다.

"뭐? 왜 내가."

"심부름값을 올려줄게. 그러니까 어서 가봐."

발바로스는 의외라는 표정을 지었다.

"너, 진짜 성기사를 도와줄 생각이냐?"

"적의 적은 아군이라는 사고방식도 있다. 게다가 성검 소유자에게 은혜를 베풀어두는 것도 재미있을 것 같지 않아?"

"하~, 너 분명 후회할 거다?"

투덜거리면서도 거절하지는 않았다.

발바로스는 그대로 자신의 그림자 속으로 가라앉았다. 그의 통칭이기도 한 '연옥'으로 이동한 것이리라. 그곳에서 샤스틸의 모습을 살필 것이다.

그러다 자간은 문득 깨달았다.

"……이 자식, 돈도 안 내고 갔잖아."

가라고 명령한 건 자간이지만 왠지 속은 것 같은 기분이었다.

◇

성으로 돌아갈 즈음에는 이미 날짜가 바뀌려는 시간이 되어 있었다.

——네피와 포레는 이미 잠들었을까?

네피의 아침은 일찍 시작된다. 이런 시간까지 일어나 있으면 다음 날 피곤하겠지만, 그래도 성에 돌아가서 그녀의 목소리를 듣지 못하는 건 조금 쓸쓸하기도 했다.

얼굴만 보는 것이라면 침실을 들여다보면 되지만 네피의 방은 제일 꼭대기층에 있다. 계단을 올라가는 소리가 울리면 결국 그녀를 깨우게 될 것이다.

그래서 가능한 한 발소리를 내지 않으면서 옥좌가 있는 홀로 돌아갔는데…….

(어서 오세요, 주인님.)

옥좌 앞에는 잠옷 차림의 네피가 기다리고 있었다.

"네피, 아직 안 자고 있었나?"

자간이 눈을 동그랗게 뜨고 쳐다보자 네피는 검지를 세우고서

'쉿~'이라고 말했다.

가만히 보니 바닥에 앉는 네피의 무릎 위에서는 포레가 새근새근 곤히 잠들어 있었다. 둘이서 나란히 자간이 돌아오기를 기다리고 있었던 모양이다.

(먼저 자지 그랬어?)

자간의 말에 네피는 씁쓸하게 웃었다.

(포레가 자간 님이 돌아올 때까지 기다리겠다고 고집을 피운 거예요.)

정작 당사자는 기다리다 잠든 것 같지만.

그 말을 들으니 자간도 저절로 얼굴에 미소가 지어졌다.

(이 녀석, 원래는 〈마왕〉의 힘을 빼앗기 위해 쳐들어온 온 침입자인데 말이야.)

(그랬던 이 아이를 곁에 두신 건 자간 님이시잖아요.)

그러면서 포레의 머리를 가만히 쓰다듬어주는 네피. 어린 소녀는 간지러운 듯 몸을 살짝 뒤척였다.

자간은 그런 두 사람 옆에 천천히 앉았다.

(아~……, 오늘 저녁은 뭘 먹었지?)

돌아오자마자 묻는 게 고작 그건가 하는 생각에 자신의 얼굴을 가리고 싶었지만 네피는 조용히 고개를 끄덕였다.

(새끼양 스프와 샐러드로 간단히 해결했어요.)

(아, 그 스프. 못 먹어서 아쉽군.)

(아직 남아 있습니다. 데워드릴까요?)

(음……. 아니, 지금은 됐어. 포레도 자고 있고.)

기분 좋게 잠든 포레의 얼굴을 보니 그녀를 깨워가면서까지 스프를 먹고 싶은 생각은 들지 않았다. 나중에 직접 데워서 먹기로 하자.

네피가 웃음을 참듯 입가를 가렸다. 그 표정은 여전히 별다른 변화가 없었지만 움찔움찔 떨리는 귀에서 그녀의 즐거운 마음이 전해져온다.

(그 후에 포레도 열심히 했어요. 들고 온 책을 전부 자간 님의 서고로 옮겨줬거든요.)

(양이 제법 많았을 텐데?)

(네. 그렇지만 자신도 빨리 읽고 싶으니까 자간 님이 돌아오시면 곧바로 읽으실 수 있도록 해두겠다고 하더군요.)

이 작은 소녀가 자신을 위해 열심히 서고를 오가는 모습을 상상했다. 흐뭇해서 한숨이 절로 새어 나왔다.

——가족이 있다는 건 이런 느낌인가…….

자신이 악당인 마술사라는 사실도 잊어버릴 것 같았다.

네피는 감청색 눈동자로 자간을 바라보며 말을 이었다.

(자간 님, 혹시 포레와 무슨 일 있으셨나요?)

(응? 아니, 별일 없었는데.)

포레도 감정 표현에 능숙한 편은 아니지만, 그래도 화나게 만들거나 슬프게 한 일은 없었다고 생각한다.

자간이 고개를 갸웃거리자 네피는 잠든 포레의 얼굴을 자애롭게 바라봤다.

(오늘 포레는 유난히 즐거워 보였어요. 자간 님은 자각하지 못

하고 계실지도 모르지만, 아마 이 아이가 기뻐할 만한 일을 해주셨을 거예요.)

포레가 기뻐할 만한 일——그런 건 잘 모르겠지만 일단 포레와 나눈 대화를 다시 떠올려봤다.

한동안 머리를 갸웃거리며 생각하다보니, 포레가 묘하게 기쁜 표정을 지었던 순간이 떠올랐다.

(아아, 그때인가?)

(짐작 가시는 게 있나요?)

(그리 대단한 일은 아니야. 천 년이나 되는 세월을 함께 지내다 보면 서로의 얼굴을 보기만 해도 무슨 생각을 하는지 알게 되지 않겠냐는 말을 했을 뿐이다.)

네피는 깜짝 놀라 눈을 깜빡이더니 쿡쿡거리며 웃었다.

(그런 말을 들으면 누구든 기운이 넘칠 거예요.)

(왜?)

무슨 뜻인지 이해하지 못하는 자간의 어깨에 네피가 가만히 기댔다.

(포레가 기뻤던 건 '천 년이나 되는 세월을 함께 지낸다'라고 한 부분일 거예요. 용은 인간보다 훨씬 더 오래 살잖아요. 그런데 이해해준다는 말까지 들으면…….)

그제야 자간도 알 것 같았다.

신화급에 해당하는 용은 만 년도 더 산다고 하는 종족이다. 인간의 원래 수명대로라면 유룡기(幼龍期)조차 함께 보내는 건 불가능하다.

그런 그들과 유구한 세월을 함께 살아갈 수 있는 존재라는 건 여간해서는 찾기 어렵다.

——어쩌면 그렇기 때문에 부모 용을 살해당한 원한이 다른 종족보다 더 깊을지도 모르지.

포레가 유룡기를 지난 성룡(成龍)이었다면 이야기는 또 달랐을지도 모른다.

하지만 아직 부모를 필요로 하는 어린 용에게 있어 부모를 빼앗기는 고통은 인간과 같거나, 그 이상일 터.

——역시 빠른 시일 안에 라파엘을 처리해야지, 안 그러면 골치 아파지겠군.

포레와 그 남자가 마주치면 최악의 경우 교회와의 전면전으로 번질 가능성이 있다. 그렇게 되면 네피가 햇빛 아래에서 살아갈 수 있게 하겠다는 목적에서 크게 후퇴하게 된다.

그렇게 고민에 빠져 있는데 네피가 왠지 쓸쓸하게 중얼거렸다.

(저도 그렇게 긴 시간을 함께 할 수 있으면 좋을 텐데요…….)

그 말을 들은 자간의 눈은 휘둥그레질 수밖에 없었다.

(무슨 말을 하는 거냐. 당연히 네피도 함께해야지.)

엘프는 용만큼은 아니더라도 수명이 긴 종족이다. 거기에 마술의 힘까지 더하면 천 년을 사는 것 정도는 아무것도 아니다.

그런 의미에서 보면 장수를 위해 제일 노력해야 하는 사람은 다름 아닌 자간이었다.

네피는 감청색 눈동자를 떨며 고개를 크게 끄덕였다.

(네! 언제까지나 함께 할게요, 자간 님.)

그 순간 화들짝 놀랐다.

어느새 자간과 네피의 얼굴은 코끝이 닿을락 말락 할 만큼 가까이 있었다.

――우와……. 네피의 속눈썹이 이렇게 길었구나. 아니, 그보다 너무 좋은 냄새가 나!

생각해보니 잠옷으로 갈아입었다는 건 이미 목욕을 마쳤다는 뜻이다. 이건 비누 냄새인가. 풀어 내린 머리가 손에 닿았다. 아직 조금 젖어 있어서 차가웠지만 그래도 부드러웠다.

네피도 이제야 거리를 의식했는지 뾰족한 귀 끝부터 뺨까지 새빨갛게 물들었다.

(네피…….)

이름을 부르자 네피의 눈망울이 촉촉해진다.

분홍빛 뺨에 시선이 빨려 들어가는 것을 느끼며, 자간은 그 뺨을 가만히 만졌다.

(아…….)

신음 같은 한숨에 얼굴이 뜨거워졌다.

지금이라면 허락받을 수 있을 것 같다.

이 새하얀 피부를 만지고, 그 다음으로 나아가도 된다고.

그리고 입술을 겹치려 할 때였다.

"어이, 자간! 큰일이야!"

홀 중앙에서 마법진이 빛나더니 분위기 파악도 못하는 친구 녀석의 목소리가 울려 퍼졌다.

자간과 네피는 깜짝 놀라 떨어졌다.

그 순간 마법진 안에서 발바로스의 얼굴이 쑥 나타났다.

"어이, 대답 정도는 좀 해라. 네가……, 어라?"

자간은 천천히 일어나 발바로스 앞에 섰다. 그 눈동자에서는 자비의 빛이라곤 조금도 찾아볼 수 없었다.

"밖으로 나와, 발바로스. 고깃덩어리로 만들어주마."

"왜 화를 내고 그래?"

자간은 진심으로 발바로스를 죽일 생각이었지만, 그가 마법진 안에서 안아 올린 '또 한 사람'을 보자 손을 멈추었다.

"샤스틸?"

"네가 어쩌고 있는지 보고 오라고 했잖아……."

발바로스가 안고 있는 건 성기사 소녀였다. 낮에 만났을 때와 달리 지금은 세례 갑옷을 입고 있었다. 등에는 성검도 메고 있다.

다만 얼굴이 창백하고 호흡이 거칠었다.

외상은 보이지 않았지만 정상적인 상태는 아닌 것 같았다. 자간은 샤스틸의 목과 이마에 손을 올리고 용태를 살폈다.

──심박수가 높군. 그런데 체온은 이상하게 낮아.

그 모습에서 금방 이변의 정체를 알 수 있었다.

"독인가."

"아마도. 마실 것에 들어 있었던 것 같아."

자간은 즉시 네피를 돌아보았다.

"네피, 이 녀석을 치료해야 해. 좀 도와줘."

"네, 네에."

아직 상황을 제대로 파악하지도 못했을 텐데 네피는 즉시 고개를 끄덕이더니 포레를 살짝 바닥에 내려놓고 일어났다.

그러자 포레도 깨어났다.

"……자간, 시끄러워."

"미안하다. 넌 더 자도 돼."

잠에 취해 중얼거리며 눈을 비비는 포레에게 자간은 건성으로 대답했다.

그 순간, 포레가 코를 벌름거렸다.

"어라……? 이 '냄새'……."

그리고 포레의 시선이 움직인 곳은 샤스틸의 등에 있는 성검이었다.

——아뿔싸.

자간이 깨달았을 때는 포레의 금색 눈동자에 이미 살기가 번뜩이고 있었다.

"성기사!"

포레의 팔이 용의 발톱으로 변했다.

아무리 어린 용이라도 그 발톱은 강철도 찢을 수 있다. 하물며 그 발톱을 마술사의 힘으로 휘두르게 되면 자간의 주먹에 비견되는 파괴력을 발휘하게 될 것이다.

"에엑? 어, 어이, 자간!"

발바로스가 당황해서 외쳤을 때, 포레는 이미 발톱을 휘두르려 하고 있었다.

"그만둬, 포레!"

자간이 그 팔을 간신히 붙잡았다. 흉악한 발톱은 샤스틸의 미간에 닿기 직전에 멈췄다.

포레가 잔뜩 화가 나서 노려봤다.

"왜 말리는 거지?"

"이 녀석은 내 손님이다. 멋대로 죽이지 마라."

그 말에 포레의 눈동자에 실망의 빛이 떠올랐다.

"……그래."

배신당한 것 같은 얼굴이었다.

이 시간까지 자신을 기다려준 소녀의 얼굴을 그렇게 만들었다는 사실에 가슴이 아팠다.

샤스틸은 촌각을 다투는 상태였다.

하지만 이런 포레를 그대로 둘 수도 없는 노릇이었다.

마술사인 자신이 누군가를 구해줄 수 있다는 생각은 한 번도 해본 적이 없다. 그렇지만 포레는 이미 자간이 지켜야 하는 사람 중 한 명이다.

자간은 조용히 물었다.

"성기사를, 미워하나?"

"……자간은, 이미 눈치채고 있을 거야. 난 성기사에게 복수하기 위해 마술사가 되었어.

자간이 포레를 보고 있었던 것처럼 포레도 자간을 보고 있었던 것이다.

——이거, 적당히 얼버무리기는 힘들겠군.

체념하고 고개를 끄덕였다.

"네 원수가 이 녀석이냐?"

"성검 소유자가 우리 아빠를 죽였어.

"그랬군. 하지만 이 녀석은 아니잖아."

자간은 포레의 손을 잡고 진지하게 호소했다.

"포레, 닥치는 대로 죽이는 복수는 초심자가 흔히 하는 실수다. 이 녀석을 죽여도 네 원수는 아무 타격도 입지 않아. 오히려 네 적만 늘어날 뿐이지. 그 적은 네 복수의 또 다른 장해물이 될 거다."

"자간이 뭘 알아?"

분노와 초조함으로 인해 떨리는 목소리로 외치는 포레의 말에 자간은 고개를 옆으로 흔들었다.

"그래서 네가 초심자라는 거다. 복수는 그런 게 아니잖아?"

자애로운 아버지처럼 엄하고도 따뜻한 시선으로 바라보며, 자간은 이렇게 말했다.

"복수란 그 녀석을 끝없이 괴롭혀서 공포와 절망의 구렁텅이에 떨어뜨려 제발 부탁이니까 죽여달라고 간청하게 만드는 거다."

그 말에 발바로스뿐 아니라 당사자인 포레까지 아연실색했다.

자간은 담담하게 말을 이었다.

"그때 마음이 풀린다면 원수를 죽이고 비로소 복수가 이루어지는 거지. 단번에 죽인들 절대 속이 후련해지지 않아. 그렇게 간단한 복수로는 네 마음속 응어리가 풀리지 않을 거다."

자간의 말이 진심이라는 게 전해진 걸까. 포레의 뺨을 따라 한 줄기 땀이 흘러내렸다.

"……자간도, 복수를 한 적이, 있어?"

"있지. 하지만 난 단번에 죽여서 실패했다. 죽이기만 해서는 절대 속이 후련해지지 않더군. ……그러니 포레. 네게 올바른 복수 방법을 가르쳐주마."

이 성의 원래 주인이자 자간을 산 제물로 삼으려 했던 마술사의 이야기다.

납치당한 자간은 산 제물로서 신선도를 높이기 위해 한 차례 고문을 받았다. 그 후, 빈틈을 노려 복수를 했지만 그곳에 남은 것은 살아남았다는 안도감도, 승리의 달성감도 아닌 공허함뿐이었다.

――녀석을 좀 더 괴롭히다 죽였어야 했어.

지금은 더 효과적인 방법을 알고 있다. 이 성에는 웬만한 고문 도구가 다 남아 있다. 포레의 복수심을 만족시킬 수 있을 것이다.

그 기백에 압도당했는지 포레는 고개를 끄덕였다.

"아, 알았어."

뒤이어 용의 발톱으로 변한 포레의 팔도 사람의 팔로 돌아왔다.

"……양녀에게 그런 걸 가르쳐줘도 되는 거냐?"

발바로스는 어이없다는 표정을 지었지만 거기에 대꾸할 여유는 없었다.

◇

"어라……?"

눈을 뜨자 처음 보는 천장이 펼쳐져 있었다.

오래된 석조 천장. 하지만 전혀 더럽지 않아 꼼꼼하게 관리되고 있다는 사실을 알 수 있었다. 밖은 아직 밤인지 흔들리는 촛불이 방 안을 비추고 있었다.

자신은 도대체 어디 있는 걸까?

당황하는 샤스틸 옆에서 조용한 목소리가 들렸다.

"정신이 좀 드나?"

"자, 간……?"

인상은 흉악하지만 어딘가 나른해 보이는 눈빛을 가진 마술사다. 그 눈빛이 샤스틸이 알고 있던 것보다 더 부드럽게 보이는 건 분명 기분 탓이리라.

자간은 샤스틸에게는 눈길 한 번 주지 않고 두꺼운 책을 보고 있었다.

"감사 인사라면 네피에게 해라. 널 치료한 건 네피니까."

"치료……."

아직 머리가 멍해서 생각이 잘 정리되지 않았다.

──누군가와 싸워서 졌나……?

그렇다면 자신은 누구를 위해 싸운 걸까.

이리저리 눈을 돌려보니 침대 옆에 대검이 세워져 있는 게 보였다. 성검이다. 피로 물들지도 않았고, 검끼리 맞부딪쳐서 생긴 상처도 없었다.

반쯤 멍하게 있자 보다 못한 자간이 말했다.

"너는 독을 마신 모양이다. 자세한 건 나도 모르지만."

그 말에 무슨 일이 있었는지 떠올랐다.

——그래. 편지로 호출을 받았지.

「공생파……?」

샤스틸을 불러낸 남자는 그렇게 말했다.

상대는 어둠 속에 모습을 드러내지 않았다.

지금은 서로를 위해 그러는 게 좋다면서.

그렇지만 자신과 같은 성기사인 것 같았다. 그다지 젊지 않은 남자의 목소리. 침착한 분위기가 지혜로운 현자 같기도 했다. 검을 들고 마술사를 죽이는 인간의 목소리 같지는 않았다.

크라벨과도 비슷했지만 그 이상의 포용력을 가진 목소리였다.

남자는 조용히 이야기했다.

「천 년이 지났는데도 마술사와의 싸움에 종지부를 찍는 것은 불가능했다. 교회는 마술사를 억제하는 장치이지 마술사를 죽이는 집단이어서는 안 된다, 그렇게 생각하는 사람들의 모임이라고 생각하면 될 거다.」

그런 세력이 있다는 이야기는 처음 들어서 샤스틸은 많이 당황했다.

하지만 그건 이단의 생각이다.

샤스틸이 그렇게 말하자 남자는 유유히 웃었다.

「귀공이 한 일이야말로 이단이 아닐까?」

성기사장인 자신이 〈마왕〉 토벌에 반대했다. 이것을 이단이라 부르지 않으면 뭐라 부른단 말인가.

대꾸할 말이 없는 샤스틸에게 남자는 말했다.

「우리와 함께할 생각은 없나? 공공연하게 교회와 대립한 귀공에게는 귀공을 지켜줄 힘이 필요할 터. 우리는 귀공을 지켜줄 것이다. 성검을 가진 귀공을 옹호함으로써 우리 또한 햇빛 아래로 나갈 수 있으니까. 나쁜 이야기는 아닐 거라 생각하네만.」

라파엘 같은 남자까지 온 이상, 샤스틸은 내일을 기약할 수 없는 몸이다. 죽고 싶은 게 아니라면 수단을 따질 때가 아니다.

――그렇다면 크라벨 예하의 부하인가?

크라벨은 현재 상황에서 샤스틸을 구하겠다고 말했다. 그가 이런 세력에게 힘을 써줬을 가능성은 높다.

――그런데 살아서 어떻게 하면 되지…….

이미 교회에서는 내일을 장담할 수 없다. 하지만 성기사인 자신에게 다른 인생은 허락되지 않는다.

돌아갈 곳도 없다.

곧바로 대답하지 못하는 샤스틸의 모습에 남자는 엄숙하게 고했다.

「지금 당장 대답하지 않아도 된다. 허나 너무 기다리게 하진 말아주길. ……그래, 우선 신뢰의 증거로 도움이 필요하면 이 이름을 불러주게.」

——오로바스——.

그것이 남자가 말한 이름이었다. 마음속에 떠올리기만 해도 왠지 몸이 따뜻해지는 것 같았다.

그게 남자의 이름이냐고 묻자 남자는 애매하게 대답했다.

「그렇다고도 할 수 있고 아니라고도 할 수 있지. 우리 우두머리의 이름이라고 생각하면 된다.」

우두머리——한 세력의 수장이 되려면 성기사장이나 거기에 준하는 성기사, 혹은 추기경 정도의 힘이 필요할 것이다. 그러나 샤스틸은 교회 내에서 오로바스라는 이름을 들어본 적이 없었다.

——그러면 조직 자체의 이름인가?

어느 쪽이든 그들에게 중요한 이름이라는 걸 느낄 수 있었다.

「그 이름은 어떤 상황에서도 귀공을 지켜줄 것이다.」

그 말을 마지막으로 남자의 기척은 사라졌다.

——믿어도 되는 사람일까……?

이상한 남자였다. 믿고 싶은 마음은 있다. 하지만 만약 함정일 경우, 샤스틸뿐만 아니라 부하들까지 말려들게 될지도 모른다.

고민하면서 방으로 돌아오자 홍차가 준비되어 있었다.

이때 경계했어야 했다.

하지만 생각에 잠겨 있던 샤스틸은 의심해야 한다는 것도 잊고 그 차를 마시고 말았다.

그리고 정신이 들었을 때는 이곳에서 간호를 받고 있었다.

샤스틸은 그런 경위를 띄엄띄엄 늘어놓았다.

——그 남자의 목소리, 어디선가 들은 적이 있는 것 같아.

그런데 모르겠다. 생각나지 않는 게 아니라 있을 수 없는 일이라는 생각이 들었다.

자간은 샤스틸의 이야기를 듣고 있는 건지 아닌 건지, 책을 넘기며 잠자코 있을 뿐이다.

샤스틸의 이야기가 끝나고 얼마 후, 그제야 자간은 심드렁하게 말했다.

"누가 독을 넣었는지 짐작 가는 사람이라도 있나?"

"글쎄……. 누굴까?"

일반적으로 생각한다면 라파엘일 것이다.

크라벨이 끼어들지 않았다면 샤스틸은 첫 만남에서 이미 그의 검에 베였어도 이상하지 않았다. 지금 샤스틸을 제일 죽이고 싶어 하는 사람은 바로 그 남자다.

하지만 지금 그녀는 교회라는 조직 자체를 적으로 돌린 상태다. 새삼 누가 독을 탔다 해도 이상할 게 없다. 짐작 가는 사람은 발에 채일 정도로 많았다.

그런데 자간은 샤스틸의 마음을 읽은 것처럼 고개를 저었다.

"그 남자……. 라파엘이라고 했나? 그 녀석일 가능성은 없다."

"왜지? 아니, 그보다 라파엘 님을 알고 있어?"

샤스틸이 눈을 휘둥그렇게 뜨자 자간은 귀찮다는 듯이 한숨을 쉬었다.

"술을 마시고 있는데 찾아와서 방해하더군. 살짝 열이 받았지."

그 무서운 남자는 샤스틸을 표적으로 정했으면서 자간에게까지 검을 겨누었던 모양이다.

"500명에 가까운 마술사를 벤 남자다. 그런 인간은 잔꾀를 부리기보다 그 자리에서 베어버리는 것을 좋아하는 부류지. 독을 탈 바에는 당당하게 검으로 널 처형할 거야. 처형할 이유도 손에 넣은 것 같으니 더더욱 그렇겠지."

"이유……?"

무슨 말인지 알 수는 없었지만 자간은 대답할 생각이 없는 것 같았다.

당황하는 동안 자간은 책을 덮고 일어났다.

"일단 넌 네피의 친구니까 체력이 돌아올 때까지는 돌봐주지. 슬슬 나한테 싸움을 거는 바보도 없어진 참이고."

"잠깐……."

돌아서는 자간의 로브를 샤스틸이 얼른 잡았다.

"……이게 무슨 짓이지?"

불쾌한 기색이 역력한 자간의 말에 샤스틸은 꺼져 들어가는 듯한 목소리로 이렇게 말했다.

"조금 더, 옆에, 있어주면, 안 될까……."

성기사장으로서 해서는 안 되는 약한 소리였다.

──그렇지만 이제 와서 누구에게 매달리면 좋을지 모르겠단 말이야.

언젠가 이런 날이 올 줄은 알고 있었지만 실제로 독을 마시고 죽을 뻔했다가 살아나고 보니 마음이 한없이 불안해졌다.

자간은 어이없다는 한숨을 흘렸다.

"……그런 건 네피에게 부탁해."

그리고 거절하는 말.

당연했다.

그가 네피를 진심으로 소중히 여기고 있다는 건 몇 번 만나지 않은 샤스틸도 알 수 있었다. 그녀가 있는데도 자신을 위로해달라는 건 무리일 것이다.

하지만 어떻게 된 영문인지 자간은 다시 의자에 걸터앉았다.

"저, 저기……?"

"이런 시간에 네피를 깨울 수도 없잖아."

"어, 같이 있어, 줄 거야?"

"난 독서를 하는 것뿐이다."

돌아봐주지는 않았다.

그렇지만 떠나지도 않았다.

"……미안."

자신이 한심했다.

——난 무엇이 하고 싶었던 걸까…….

자신을 돌아봐주길 바랐던 걸까.

아니면 교회에서 빠져나와 같이 있고 싶었던 걸까.

——이 두 사람 사이에 끼어들고 싶었던 건 아니야.

자간도 네피도 미워할 수 없는 사람들이다. 그들의 행복한 모습을 보고 싶다.

그들과 어울리고 싶어서 그런 것이리라.

그러나 그것이 어떤 형태인지는 자신도 몰랐다.

그래도 곁에 있어주는 누군가 있다는 것은 의외로 마음이 편안해지는 일이어서 샤스틸은 어느새 깊은 잠에 빠져들었다.

◇

"——그랬는데 왜 이렇게 된 거지!"

다음 날 아침.

무엇이 마음에 들지 않았는지, 샤스틸은 성난 고함을 지르고 있었다.

그곳은 성의 식당이었다.

하룻밤 만에 독도 다 빠졌는지 아침에는 일어날 수 있을 만큼 체력도 회복되어 아침 식사는 다른 사람들과 함께 먹게 되었다. 그런 다음 옷을 갈아입혔더니 이 난리다.

"아주 잘 어울립니다."

네피도 무감동하게 위로했다.

샤스틸은 네피와 똑같은 에이프런 원피스 차림을 하고 있었다. 옷은 네피가 여분으로 가지고 있는 물건인 탓에 일반적인 시녀복보다 만듦새가 조금 떨어지는 느낌이다.

"으으으……. 난 성검의 소녀다. 그런데 이런 하녀복을 입히다니!"

"어이, 입조심해. 네피를 모욕하는 건 너라도 용서하지 않겠다."

이 옷을 보고 하녀 운운하는 건 네피도 똑같은 의미로 부른다는 뜻이다. 아무리 샤스틸이라도 용서할 수 없었다.

단호하게 말하자 샤스틸은 눈물을 글썽이며 털썩 주저앉았다.

"……지금은 마음의 여유가 거의 없어. 하다못해 네피를 대할 때의 10분의 1이라도 좋으니까 다정하게 대해주면 안 될까?"

"응석 부리지 마."

그런 샤스틸을 싸늘하게 내려다보는 눈동자가 있었다.

포레다.

자간의 뒤에서 샤스틸을 가만히 바라보고 있었지만 결코 호의적이지는 않다.

일단 복수는 단념해줬지만 그렇다고 그녀를 받아들이기에는 무리가 있을 것이다. 그 부분에 대해서는 자간도 주의를 줄 마음이 없었다.

샤스틸은 부드러운 미소를 지어 보였다.

"아아, 그쪽은, 자간의 양녀인……?"

"친한 척 말 걸지 마, 꼬랑댕이 머리."

"꼬, 꼬랑댕이……?"

그렇게 내뱉은 포레는 얼른 방을 나가버렸다.

싸늘한 거절에 샤스틸은 가슴을 부여잡고 바닥에 엎드렸다.

"내, 내가 무슨 짓을 했다고 이러는 거야……."

"죄송해요, 샤스틸 님. 제가 나중에 잘 타이를게요."

"……으으. 네피는 정말 착하구나."

네피는 비록 무표정했지만 그녀를 가엽게 여기고 위로의 말을 건네자 샤스틸도 위로를 받은 듯 고개를 들었다.

하지만, 하고 자간이 고개를 옆으로 흔들었다.

"아니, 지금은 포레를 그냥 놔둬. 조금 괴롭히기는 해도 죽이지는 않을 테니까."

"죽이지만 않으면 괜찮다는 거야?"

아연실색하는 샤스틸의 모습에 자간은 의외로 진지한 표정을 지었다.

"그 녀석의 아버지는 성검 소유자의 손에 죽었다고 한다."

"……."

그 말에는 샤스틸도 말문이 막힐 수밖에 없었다.

자간은 조용히 말을 이었다.

"딱히 네가 그 일에 책임이 있는 건 아니지만, 꼬마에게 그 사실을 담담하게 받아들이라는 말은 못해. 여기에 숨겨주기는 하겠지만 그건 이해해줬으면 좋겠다."

일단 샤스틸에게 허드렛일 비슷한 것을 시키는 것도 포레에 대한 배려였다.

한 번은 물러나준 포레지만 샤스틸이 손님 대접을 받으면 분노도 점점 쌓여갈 테니까.

책임을 느꼈는지 샤스틸은 고개를 숙였다.

"……그러면 내가 그냥 나가는 게 좋지 않을까?"

당연한 반응이었지만 자간은 고개를 저었다.

"말했잖아. 포레는 지금은 그냥 두면 된다고. 포레는 자부심이 강한 종족이다. 쓸데없이 사람을 괴롭히는 행동은 자존심이 허락하지 않을 거야."

……그렇게, 생각했지만.

◇

잠시 후.

"끄아아악!"

샤스틸의 비명이 성에 울려 퍼졌다.

"……**이번에는** 무슨 일이지?"

바닥에 얼굴을 박고 쓰러진 샤스틸을 향해 자간은 안쓰럽다는 듯 물었다.

"처, 청소를 하고 있는데, 갑자기, 머리 위로 개구리가 떨어져서……."

가만히 보니 샤스틸의 머리 위에 작은 개구리가 올라가 있었다. 대걸레로 바닥을 닦고 있는데 누가 개구리를 집어 던진 모양이다. 시간이 얼마 지나지 않았는데도 이 개구리로 벌써 세 번째다.

거기에 눈물을 글썽이는 샤스틸의 표정이 더해지자 자간은 그만 웃음을 터뜨렸다.

"우, 웃지 마! 이건 이야기가 다르잖아!"

아무래도 이것도 포레의 짓인 모양이다.

"아~, 힘을 사용하지 않고 괴롭히려고 한 결과인 모양이군."

"괴롭히는 건 자존심이 허락하지 않는다고 하지 않았어?"

"보다시피 어린애니까. 뭐, 이런 식으로 표현하는 것도 무리는 아니지."

자간의 유년기에 비하면 훨씬 건전하기 때문에 일일이 나무랄 생각도 들지 않았다.

샤스틸은 그를 찌릿 노려봤다.

"……참 많이 귀여워하고 있는걸. 당신이 어린아이에게 손을 댈 거라고 생각하지는 않지만, 이렇게 마음 약한 모습을 보이는 건 의외야."

"내가 마음 약한 모습을 보인다고?"

"지금 그러고 있잖아!"

갸웃거리자 샤스틸은 힘껏 고개를 끄덕였다.

자간은 어쩔 수 없이 머리를 긁적이며 시선을 피했다.

"처음 만났을 때, 저 녀석이 어린애인 줄도 모르고 힘껏 때렸지. 거기에 대한 죄책감 같은 건 있다."

"때렸다니……. 잠깐만. 그 말은 저 아이가 처음에는 적이었다는 거냐?"

"뭐, 그런 셈이지."

자간이 별일 아닌 것처럼 대답하자 샤스틸은 어이가 없었다.

"왜 똑같은 적인데 나랑 저 아이는 대우가 다르지?"

"내가 널 때린 건 아니잖아. 난 여자는 때리지 않는 사람이다."

"여, 여자……."

그렇게 대답하자 왠지 샤스틸의 얼굴이 새빨갛게 물들었다.

"으~~, 그, 그러면 나도 때려줘. 아픈 건 싫지만 참을 수 있어!"

"……어이, 너 그런 취미가 있었냐?"

"아, 아니야! 그게 아니라 나도 제대로……."

제대로, 다음에 무슨 말을 하려고 했더라? 샤스틸은 새빨개진 얼굴로 머뭇거렸다.

그런 소녀를 보며 자간은 곰곰이 이런 생각을 했다.

——이 녀석, 사생활에서는 아주 덜렁이구나…….

포레의 장난 때문이기도 하겠지만 입을 열면 혀를 깨물지를 않나, 말도 더듬거리고 금방 눈물을 글썽인다.

머릿속으로 생각했던 것을 말로 잘 표현하지 못한다는 점에서는 자간도 남 일 같지가 않았다.

게다가 샤스틸이 양동이를 뒤엎는 바람에 주위에는 더러운 물이 쏟아져 있었다. 이런 일이 반복되다 보니 샤스틸이 지나간 자리는 청소하기 전보다 더 더러워져 있을 정도였다.

적인 성기사의 입장으로 마주했을 때는 훨씬 더 늠름하고 씩씩했던 것 같은데…….

하지만 동시에 그렇게 덜렁대는 모습을 보니 안심되기도 했다.

——이 정도라면 포레도 이 녀석을 진심으로 죽이려고 하지는

않겠지.

지금쯤 이런 장난을 반복하고 있는 자신에게 의문을 품고 있지 않을까.

다른 사람도 아닌 성검 소유자를 보고 그런 생각을 하게 되는 것이다.

어쩌면 포레가 복수를 잊게 해줄 수 있는 사람은 샤스틸뿐인지도 모른다.

자간은 그런 예감을 느끼며 살짝 콧방귀를 뀌었다.

“잘 모르겠지만 이제 좀 기운이 난 것 같나?”

“에, 아……. 걱정, 해준 거야?”

그렇지 않았다면 애당초 발바로스에게 감시 따위도 시키지 않았다.

하지만 자간은 그런 생각을 솔직히 말할 줄 아는 성격의 소유자도 아니고, 그럴 필요도 느끼지 못했기 때문에 어깨만 으쓱였다.

“글쎄.”

대충 얼버무린 자간은 다시 샤스틸을 날카롭게 노려보았다.

“그보다 넌 자신에게 독을 먹인 범인을 어떻게 처리할지 생각하고 있나? 누군지는 짐작하고 있고?”

“……그건.”

샤스틸은 노골적으로 굳은 표정을 지었다. 오른손이 뭔가를 찾는 것처럼 꽉 쥐었다가 펴기를 반복했다.

그 행동을 본 자간은 샤스틸의 등으로 시선을 주었다.

——성검은 메고 있지 않군.

자간은 그럴 생각이 없지만 성기사인 샤스틸에게 있어서 이곳은 적지다.

포레까지 노골적인 적의를 보이고 있으니 자신의 몸을 지킬 수단을 손에서 놓는 어리석은 짓은 하지 않을 것이다.

그런데도 성검을 두고 왔다는 건…….

——이 녀석의 좌절은 의외로 뿌리 깊을지도 몰라.

성검 소유자가 성검을 손에서 떼어놓는다.

그것은 검을 쥐지 못하게 되었다는 뜻이다.

설령 성검을 손에 쥐어준들 마음을 다친 자의 검으로는 마술사도 성기사도 베지 못한다.

자간은 복도 끝으로 시선을 던졌다. 그곳에서는 포레가 이쪽을 가만히 살펴보고 있었다.

——적당히 하라고 말해둘까.

샤스틸을 계속 여기 둘 생각은 없지만, 그렇다고 지금 같은 상태에서 내쫓을 수도 없다.

다시 일어설 때까지 시간이 필요하다면 그 정도는 기다려줄 생각이었다.

그 후에도 정도가 가벼워지기는 했어도 포레의 장난은 그 빈도가 늘어만 갔다. 어느새 샤스틸의 비명이 성에 울려 퍼지는 것이 일상이 되었다.

——이건 이것대로 사이좋게 지내고 있는 건지도 몰라.

방식이야 어찌 됐든 포레와 샤스틸 사이에도 뭔가 통하는 것이 생기고 있는 듯이 보였다.

그런 일이 며칠 정도 계속된 어느 밤의 일이다.

"자간 님, 큰일이에요. 포레가 없어졌어요!"

아무 예고도 없이, 네피의 목소리가 성에 울려 퍼졌다.

"……자간은 좋은 사람이야. 그렇지만 복수는 내 손으로 하지 않으면 안 돼."

큐아노에이데스의 지하——마왕전.

한밤중에 몰래 성을 빠져나온 포레는 이곳으로 찾아왔다.

일단 물러나기는 했어도 역시 성검 소유자를 죽이지 않으면 분이 풀리지 않을 것 같았다.

——자간도 네피도 그러도록 놔두지 않겠지.

마술사와 성기사의 우정은 이해하기 힘들지만 그들은 우호적인 사이인 듯했다. 그 친구를 죽이면 그들도 포레를 용서하지 않을 것이다.

"……그곳은 참 마음 편하고 좋았는데."

계속 함께 있고 싶었다.

천 년이나 함께 지내면 이해할 수 있을 거라고 말했던 자간에게 기대고 싶었다.

포레가 즉시 행동으로 옮기지 않았던 것은 역시 그게 제일 큰 이유였다.

결국 포레는 복수를 실행에 옮기기에 너무 어렸다.

증오하는 만큼 고독했다.

자간과 네피는 그 고독을 가득 메워주었다.

이대로 어른 용이 될 때까지 함께 지낼 수 있으면 포레도 복수를 잊을 수 있을지도 모른다.

게다가 샤스틸도 복수 대상치고는……, 왠지 이상한 소녀였다.

자간이 죽이지 말라고 했기 때문에 그 울분을 장난이라는 형태로 풀었다. 물론 자간과 네피에게 야단을 맞기는 했지만 그 정도로 그만둘 생각은 없었다.

차라리 화를 내며 포레를 향해 성검을 겨누면 포레도 샤스틸을 죽일 구실이 생긴다.

그렇게 생각했는데 샤스틸은 성검을 겨누지 않았다. 심지어 적지인 자간의 성에서 검조차 지니고 다니지 않았다.

그래서 제법 의연한 녀석인가 싶었는데, 툭하면 눈물을 글썽이며 노려보기만 했다.

그런 소녀를 볼 때마다 어깨에서 힘이 쭉 빠졌다.

이런 소녀에게 복수를 하다니, 너무 한심한 일 아닌가. 어쩌면 자간도 포레가 그렇게 될 것을 예상하고 아무 말도 하지 않았던 것인지도 모른다.

그래서 포레는 그런 자신에게 더 놀랐다.

"성기사는 현룡(賢龍) **오로바스**를 배신했다. 그 사실을 잊어서는 안 돼."

현룡 오로바스——바로 포레의 아버지의 이름이었다.

천 년을 산 위대한 용이다.

지혜로우며 때로는 엄격하고 때로는 따뜻한 용으로 그 예지(叡

智)로 포레뿐만 아니라 인간들도 이끌어왔다.

포레는 그런 아버지를 자랑스러워했다.

그러던 어느 날, 자칭 성기사라는 인간들이 찾아왔다.

성기사와 아버지 사이에서 어떤 대화가 오갔는지는 모른다. 다만 아버지는 성기사를 등에 태우고 날아갔고, 그리고 돌아오지 않았다.

일주일이 지났을 때, 기다리다 지친 포레는 아버지를 찾아 하늘을 건넜다.

그 끝에서 본 것은 성검이 몸에 꽂힌 채 숨이 끊어진 아버지와 그 피를 마시는 악마 같은 남자의 모습이었다.

성검으로 인해 치명상을 입으면 아무리 현룡 오로바스라도 버티지 못한다.

몇 번이나 지혜와 힘을 빌려준 아버지를 성기사들은 배신한 것이다.

잊어선 안 된다.

증오를 버려선 안 된다.

그렇지만 자간의 성은 너무나도 마음 편하고 좋아서 원수인 샤스틸에 대한 증오를 잊어버릴 것만 같았다.

——내 복수가 그렇게 가벼운 것이었어?

그럴 리 없다.

어린 포레의 힘으로는 열두 명이나 되는 성검 소유자를 모두 죽이지 못한다. 그래도 눈앞에 있는 성검 소유자를 그냥 두고 볼 수만은 없었다.

그래서 포레는 이 마왕전으로 온 것이다.

――여기라면 성검 소유자도 죽일 수 있는 힘이 있을 거야.

〈마왕〉의 유산을 손에 넣으면 성검도 이길 수 있다.

자간과 네피를 배신하게 된다 해도 이제는 멈출 수 없다.

그렇게 마왕전의 문을 열었을 때였다.

"호오, 이런 곳에 성이 있을 줄은 몰랐군."

포레는 깜짝 놀라 뒤를 돌아보았다.

어둠 속에서 한 남자의 모습이 나타났다.

――나를 미행한 건가?

초조한 나머지 주위에 대한 경계를 게을리 했다.

게다가 남자는 대검을 메고 있었다.

포레의 눈이 휘둥그레졌다.

"성검, 소유자……!"

검을 확인해보지 않아도 피부로 마력을 느낄 수 있었다. 아버지를 벤 성검의 '냄새'다. 자간과 네피가 데려온 여자 외에 또 있을 줄은 몰랐다.

남자는 재미있다는 듯 투박하게 생긴 얼굴에 미소를 지었다.

"어리긴 해도 마술사는 다르군. 뽑아 들기도 전에 간파하다니."

그리고 포레는 마침내 그 얼굴을 봤다.

"넌……."

오로바스의 피를 마시고 있던 바로 그 인간의 얼굴이었다.

"음, 누구지? 난 너 같은 어린 계집은 모르는데."
머릿속에서 뭔가가 끊어지는 소리가 들렸다.
"이 자시이이이이익!"
두 손과 두 발이 순식간에 용으로 변하고 등에서는 초록 날개가 튀어나왔다.
마술을 사용한다는 생각조차 하지 못했다.
그저 분노가 이끄는 대로 발톱을 휘둘렀다.

그러나 성검 소유자는 포레보다 훨씬 빨리 검을 빼 들었다.

"아……."
얼빠진 목소리가 흘러나왔다.
──이게 바로, 성검 소유자…….
자간 같은 〈마왕〉 정도가 아니라면, 아무 대책도 없이 덤벼서 이길 수 있는 상대가 아니다. 그것을 알았기 때문에 마술사가 된 건데…….
글귀가 새겨진 검이 포레의 목을 향해 내려온다.
마지막으로 떠오른 것은 다정하게 머리를 쓰다듬어준 자간과 네피의 얼굴이었다.
"자간……."
매달리듯 그 이름을 부르며 눈을 꼭 감았지만 두려워하던 고통은 아무리 기다려도 느껴지지 않았다.
그 대신 뒤에서 자신을 부드럽게 끌어안은 팔의 감각. 그리고 오만한 목소리가 부드럽게 말을 건네왔다.

"원하는 대로 지내도 된다고 했지만 밤늦게까지 자지 않는 건 금지해야겠군."

"어……?"

성검의 칼날을 막고 있는 것은 자간의 팔이었다.

◇

"호오……. 나의 일격을 막아낸 건가, 〈마왕〉."

자간은 맨손으로 라파엘의 성검을 막고 있었다. ……물론 피부와 칼날 사이에는 마법진의 방패가 자리 잡고 있지만.

새하얀 도신을 가진 대검. 그 표면에는 마술과는 다른 문양이 떠올라 있었는데, 샤스틸의 성검과도 미묘하게 달랐다.

아무래도 성검이라는 건 한 자루, 한 자루 새겨진 문양이 다른 모양이다.

――그렇다면 검명(劍銘)인가?

날카롭게 관찰하면서 자신의 팔을 확인했다.

검을 쥔 손의 피부가 찢어지거나 예전처럼 타지도 않았다. 라파엘의 일격은 샤스틸이 휘둘렀던 것보다 훨씬 더 날카로웠는데도 말이다.

――〈마왕의 각인〉은 성검의 힘으로도 베지 못하는 건가.

자간의 원래 힘으로는 지금쯤 오른팔이 떨어져 나갔을 것이다. 하지만 〈마왕〉으로서의 마력은 성검에 베여도 줄어들지 않았다.

——도구에 의지하고 있는 것 같아 썩 기분이 좋진 않지만.

뭐, 그 점은 상대도 성검이라는 도구를 사용하고 있으니까 피차일반이라 생각하자.

라파엘도 성검을 잡히자 꼼짝 못하는 것 같았다.

용의 팔다리와 날개를 가진 포레가 품 안에서 떨리는 목소리로 물었다.

"자간, 어떻게……."

"꽤 편리한 운반책이 있거든. 여기 있을 줄 알고 이동을 부탁했다."

자간의 발은 여전히 어두운 그림자 속에 파묻혀 있었다.

이건 자간의 마술이 아니다.

"누구더러 운반책이라는 거야?"

불만스러운 말을 흘린 건 발바로스였다. 그림자 속에서 슥 나타나더니 쓸데없이 말려들고 싶지 않다는 듯 멀찍이 떨어진 곳에 가서 멈춰 섰다.

"보수는 주겠다고 했잖아? 투덜대지 마."

자간이 명령한 건 샤스틸의 감시다.

마술사는 계약에는 충실하다. 이 남자는 샤스틸을 구출한 후에도 그 명령을 지키고 있었던 것이다.

그래서 포레가 사라졌을 때, 자간이 호출하자 바로 응답했다.

「자간 님, 포레는 무사한가요?」

그림자는 아직 성과 연결되어 있는 모양이다. 네피의 걱정 가득한 목소리에 자간은 가능한 한 부드럽게 대답했다.

"포레는 무사하다. 잡무를 좀 끝내고 돌아갈 테니 네피는 성에서 기다리고 있어."

「알겠습니다.」

마음 같아서는 당장 이곳으로 달려오고 싶을 것이다. 그런데도 네피는 이곳의 문제가 아직 해결되지 않았다는 것을 알아차리고 그렇게 대답했다.

"……그렇게 되어서 말인데, 어린애가 밖에 돌아다닐 시간이 아니다. 어서 돌아가자."

평소처럼 오만하게 말하자 포레는 고개를 옆으로 흔들었다.

"아냐, 그게 아니야. 난, 자간을 배신했어. 그런데, 왜……."

——뭐야, 그 얘기냐?

자간은 눈물까지 글썽이는 포레의 머리를 가만히 어루만졌다.

"알아주겠다고 했잖아? 쓸데없는 일에 일일이 신경 쓰지 마."

그렇게 대답하자 포레는 자간의 가슴에 얼굴을 묻었다. 그 등에서 용의 날개가 사라지고 팔다리도 인간의 것으로 돌아왔다.

"미안, 해……."

"쓸데없는 일에 신경 쓰지 말라고 했잖아."

그래, 쓸데없는 일이다.

——늦지 않아서, 다행이다…….

조금만 더 늦었어도 이 소녀를 잃을 뻔했다. 거기에 비하면 포레가 자기 마음대로 마왕전에 숨어든 건 아무 일도 아니다.

그제야 자간은 라파엘을 바라봤다.

"전에 말했을 텐데? 내 영지 안에서 너무 설쳐대면 가만히 두지 않겠다고."

그 말에 험상궂은 얼굴을 한 성기사는 의외라는 듯 대꾸했다.

"호오, 지금 마술사가 타인을 감싸는 거냐?"

"타인이 아니다. 이 녀석은 내 딸이다."

그 딸에게 검을 겨누었다.

——이 남자를 살려서 보낼 이유는 없겠군.

네피가 보는 앞도 아니다. 포레의 원수이기도 하니 실컷 괴롭히다 죽이자.

라파엘도 체념한 것처럼 실눈을 떴다.

"……옳거니, 딸이라 이건가. 그렇다면 충분한 이유가 되겠군."

"그래. ……포레. 조금 떨어져 있어라."

자간은 포레를 자신의 뒤로 밀어낸 다음 성검에서 손을 뗐다.

라파엘도 비틀거리지 않고 거리를 두더니 성검을 다시 고쳐 쥐었다.

그런데 자간이 눈썹을 찌푸렸다.

——이 마당에 와서도 살기가 없어?

전의가 없는 건 아닌 듯하지만 라파엘의 검에서는 살기가 느껴지지 않았다. 이런 검으로 자간과 싸울 작정인 걸까.

"……미리 충고해주겠는데, 죽을 각오로 저항하지 않으면 죽게 될 거다."

"본의는 아니지만 어쩔 수 없지. 나도 여기서 죽을 수는 없는 노릇이니."

그렇게 중얼거리고 나자 그제야 라파엘의 몸에서 살기가 흐르기 시작했다.

"응답하라——성검 〈메타트론〉."

라파엘이 부르자 성검에서 파르스름한 불꽃이 일어났다.

"……!"

하마터면 신음을 흘릴 뻔했지만 간신히 참았다. 술집에서 본 것은 정말로 장난에 지나지 않았다는 것을 통감했다.

라파엘은 형형하게 빛나는 성검을 높이 들고 외쳤다.

"일찍이 마왕을 무찌르고 모든 마를 불살랐다고 전해지는 〈정화의 불꽃〉이다. 성검의 진정한 주인만이 다룰 수 있는 힘이지."

그렇기 때문에 성검은 주인을 선택할 필요가 있는 것이리라.

——이것이, 성검의 진짜 힘인가……!

〈정화의 불꽃〉에서 열과도 같은 파동이 퍼졌다.

단순한 파동에 지나지 않았지만 살짝 닿기만 해도 마법진이 분해되었다. 새로 마술을 발동시키려 해도 '회로'를 구축하자마자 바로 파괴되었다.

평범한 마술사라면 제대로 싸우지도 못하고 무력화될 터였다.

"어이, 어이……. 뭐야, 이 녀석은."

성검의 위력도 위력이지만, 라파엘의 살기는 맹수도 도망칠 만큼 무시무시했다. 발바로스도 압도되어 뒷걸음쳤다.

등 뒤에서 포레가 떨리는 목소리로 중얼거렸다.

"자간, 왜……?"

왜 전력을 다해 덤비라고 부채질했느냐는 뜻이다. 자간을 얕보고 덤벼들었다면 오히려 편하게 해치울 수 있었을 텐데 말이다.

자간은 침착한 목소리로 말했다.

"복수하는 법을 가르쳐주겠다고 했지? 상대로 하여금 전력을 다해 덤벼들게 해놓고 짓밟는 것도 굴욕과 절망을 안겨주는 수단 중 하나다."

확실히 비인간적인 살기지만 이길 수 없는 상대인가 하면, 대답은 '그렇지 않다', 다.

——게다가 성기사장을 쓰러뜨리는 건 제법 좋은 훈장이 된단 말이야.

표면적으로는 자간을 적대시하는 자가 없어졌지만 잠들어 있는 그의 목을 노리는 자는 여전히 남아 있다. 성기사장의 목은 그들을 단념시킬 만한 충분한 재료였다.

자간은 땅을 박찼다.

바위로 된 지면이 부서지면서 라파엘을 향해 한 발 다가갔다.

"윽!"

"——느려 터졌군."

라파엘은 성검을 내리쳤지만 자간은 그 검을 오른손으로 받아냈다.

맨손이지만 주먹은 아니다.

자간의 손바닥에는 마력을 응축시킨 마법진이 떠올라 있었다.

작아 보이지만 선으로 보이는 모든 빛이 문장으로 이루어진 '회로'다. 구축한 개수는 족히 2,000개가 넘었다. 라파엘의 첫 번째 일격을 막은 것도 이 마법진이었다.

아무리 〈정화의 불꽃〉이라도 2,000개나 되는 '회로'를 순식간에 불태우는 것은 불가능하다.

――〈천린(天鱗)〉이라는 이름을 붙이도록 할까.

자간은 〈마왕〉의 힘을 과신하지 않는다.

과거에 성검은 마술도 벨 수 있었다. 그래서 이것은 성검을 물리치기 위해 자간이 새로 만든 마술이었다.

하지만 고도의 마술이기는 해도 특별한 힘이 있는 마술은 아니었다.

그저 아주 단단했다.

적의 마술뿐만 아니라 주위의 마력까지 흡수해서 끊임없이 강도를 높여가는, 자간 이외의 마술사에게는 아무 도움도 되지 않는 마술이다.

그렇게 단단하기만 한 마법진인데――,

캉 하는 맑은 소리가 울리더니 성검이 날아갔다.

그 충격은 검으로 바위를 때린 것과 비슷하리라. 평범한 사람이라면 팔뼈가 부서지고도 남았을 터.

그런데도 라파엘은 성검을 떨어뜨리지 않았다.

"오, 이 상황에서도 검을 놓치지 않다니, 감탄했다."

"윽……."

하지만 〈정화의 불꽃〉은 여전히 불타오르고 있었다.

라파엘은 고통스러운 표정을 지었지만 이내 두 손으로 대검을 고쳐 쥐고 다시 달려들었다.

상단 자세로 성검을 똑바로 내려친다.

빛나는 불꽃에 눈이 부시는가 싶더니 자간의 눈동자에 새하얀 잔상이 새겨진다. 순수한 검술이나 마술을 불태우는 힘도 성가시지만 시각을 잃는 건 치명적이었다.

자간은 재빨리 발을 빼서 몸의 방향을 바꿨다. 하얀 검이 코끝을 스치다시피 하면서 지면을 후려쳤다.

대지가 흔들린다.

"꺄악——!"

포레가 작게 비명을 질렀다.

〈정화의 불꽃〉이 지면 위를 달린다.

라파엘의 일격은 바위로 된 지면에 깊은 균열을 새겼다. 포레처럼 작은 몸은 그대로 삼켜버릴 것 같은 크기였다.

——무지막지한 힘이군.

세례 갑옷과 성검으로 강화된 라파엘의 힘은 마술사 중에서도 특히 전투에 특화된 자간에 육박할 정도다.

단순한 신체 능력의 승부라면 〈마왕〉이라도 쉬이 이기지는 못하리라. 평범한 마술사가 참살당하는 것도 무리는 아니었다.

그런 교회의 힘을 눈으로 직접 보면서도 자간의 표정은 아무렇지도 않았다.

"이곳을 너무 많이 부수면 곤란한데."

자간은 날카롭게 발을 내딛더니 아래에서 위로 퍼 올리는 것처럼 손바닥의 〈천린〉을 힘껏 때려 박았다.

얼굴을 노린 그 일격에 라파엘은 재빨리 성검을 뒤로 물리고 검의 넓은 부분으로 〈천린〉을 받아냈다.

쿵, 둔탁한 충격이 가해진다.

"어리석기는, 그렇게 커다랗게 휘두르는 일격이——윽?"

조소가 떠오른 라파엘의 얼굴이 일그러진다.

완벽하게 막았음에도 불구하고 성기사의 거구가 허공으로 떠오른 것이다.

〈천린〉은 성검과 함께 라파엘을 날려버렸다.

"어라, 힘을 조절하는 게 꽤 어렵군……."

성검은 대검으로 분류되는, 간격이 넓은 도검이다. 광대한 공격범위를 자랑하는 대신 세밀한 움직임이 부족해서 적이 품 안으로 파고들면 위력이 반감된다.

첫 번째 일격을 막아낸 것도 〈천린〉의 강도 때문만이 아니라 사정거리를 좁혀서 막아낸 자간의 역량이 컸다.

그럼에도 자간이 가한 일격은 사정거리 밖으로 라파엘을 날려버렸다.

자간은 자세를 낮추고 〈천린〉으로 지면을 후벼 파듯이 가르며 거리를 좁혔다. 그리고 다시 손바닥으로 밀어내듯 올려 치는 일격을 날렸다.

이번에는 라파엘도 준비하고 있다가 두 손으로 잡은 성검을 똑바로 내려쳤다.

〈천린〉과 성검이 충돌한다.

팡, 불꽃 같은 빛이 퍼졌다. 〈천린〉은 깨지고 〈정화의 불꽃〉도 흩어졌다.

아무래도 〈천린〉과 〈정화의 불꽃〉의 위력은 호각을 이루는 것 같았다.

"어떻게 이럴 수가."

"음. 세 번만에 한계인가."

자간은 아무 감흥 없이 중얼거렸다.

성검을 상대로 정면으로 세 번이나 싸웠다. 대단한 힘이기는 했지만 아직 부족했다. 이 정도라면 상대가 둘, 셋일 경우에는 아무 도움도 되지 않는다.

첫 번째 성능 실험치고는 나쁘지 않았지만 완성이라 부르기에는 아직 멀다.

자간이 자신의 마술 성능을 냉정하게 확인하고 있자 발바로스가 고함을 질렀다.

"이 바보야! 한가하게 그러고 있을 때냐!"

자세가 크게 무너졌어도 라파엘은 여전히 성검을 손에 쥐고 있었다.

자간은 작게 한숨을 쉬었다.

"——전에도 말했을 텐데? 이런 건 **여유**라고 하는 거다."

자세가 어그러진 라파엘의 몸통은 이미 텅 비어 있었다. 그리고 〈정화의 불꽃〉이 사라지면 다른 마술을 발동시킬 수 있다.

라파엘이 성검을 휘두르기 전에 자간의 왼손 주먹이 옆구리에 박힌다.

그 팔에는 이미 몇 개나 되는 마법진이 떠오른 채 회전하고 있었다.

예전에 발바로스를 쓰러뜨린 마술이다. 〈천린〉 따위 사용하지 않아도 자간의 주먹은 세례 갑옷 정도는 간단히 부술 수 있었다.

우둑, 하고 뼈가 부러지는 감촉. 그 충격은 내장까지 꿰뚫은 것 같았다.

"커헉!"

라파엘은 피를 토하며 날아가더니 마왕전의 문에 부딪쳐 그 너머, 현관홀에 쓰러졌다.

결판이 났다.

자간은 승리를 손에 넣었지만 의아한 듯 고개를 갸웃거렸다.

"생각보다 약하군. 이게 진짜 500명이나 되는 마술사를 죽인 성기사라고?"

최공의 성기사장조차 자간에게는 상처 하나 입히지 못했다. 이 사실은 곧 교회에는 단독으로 〈마왕〉에 대항할 수 있는 수단이 존재하지 않는다는 것을 뜻한다.

포레를 힐끔 돌아본다.

어린 용족 소녀는 멍한 표정을 짓고 있었지만 이내 정신을 차렸는지 박수를 쳐주었다.

——이건 뭐지. 나쁘지 않다……고 할까, 괜찮은 기분이군.

자간은 가만히 손을 쳐다봤다.

그 모습을 본 포레는 다시 눈을 반짝였다.

성가신 적을 물리친 것뿐인데도 포레의 순수하고 선망 어린 눈빛은 왠지 기분이 좋았다. 지금까지 수많은 이들의 눈빛을 받아왔어도 아무것도 느끼지 못했건만.

자간이 싫지만은 않은 듯 기분 좋은 표정을 짓고 있자 발바로스가 이마에 땀을 흘리며 중얼거렸다.

"……괴물 같은 놈. 땀 한 방울 안 흘리는 것 좀 봐."

하긴 이것이 평범한 반응일 것이다.

확실히 라파엘의 검은 발바로스 정도는 간단히 압도할 수 있을 만큼 날카로웠지만, 성기사는 마술사와는 다르다. 일격이라도 치명상을 입으면 그것으로 끝이다.

전에 발바로스를 쓰러뜨렸을 때는 똑같은 공격을 당하고도 시간이 흐르자 다시 일어났지만 라파엘은 더 이상 일어나지 못한다.

그런 줄로만, 알았는데…….

"……과, 연. 대단한 힘이군."

라파엘은 피를 토하면서도 검을 지팡이 삼아 일어났다.

——이 녀석, 진짜 정체가 뭐지?

자간은 다시 두 손에 마력을 모으기 시작했다.

◇

시간은 조금 전으로 거슬러 올라간다.

"나도, 가야, 해……."

포레가 뛰쳐나간 건 아마 샤스틸 탓일 것이다.

자신이 무슨 짓을 한 건 아니지만 그렇게 어린 아이에게 부모의 원수의 동포와 함께 있으라는 건 무리가 있다.

자간은 샤스틸을 쫓아냈어야 했다.

물론 숨겨준 건 고맙게 생각하지만 그렇다고 포레를 상처 입히면 아무 의미도 없다.

네피가 자간을 부르러 왔고, 그는 포레의 방으로 달려갔다. 샤스틸도 그 뒤를 따라가려고 했지만…….

――검을 잡는 걸 망설이고 말았다.

그 바람에 늦어져서 결국 포레의 방으로 쫓아갔을 때 자간의 모습은 없었다.

"네피, 자간은……?"

"자간 님은 포레를 데리러 가셨어요."

새하얀 엘프 소녀는 입술을 꽉 깨문 채 바닥에 깔려 있는 부자연스러운 그림자를 바라보고 있었다.

그제야 생각났다.

예전에 샤스틸과 네피는 발바로스라는 마술사에게 납치된 적이 있다. 그때 이렇게 으스스하게 생긴 그림자 속으로 빨려 들어갔었다. 아무래도 자간은 그것과 똑같은 마술을 사용해서 포레를 쫓아간 듯했다.

"넌 안 가?"

"자간 님이 여기서 기다리라고 명령하셨어요."

그래서 쫓아가지 못하는 모양이다.

"그렇다면, 내가……."

거기까지 말했다가 걸음을 멈췄다.

——내가 가서 어떻게 할 건데?

독은 이미 빠졌지만 팔다리에는 힘이 들어가지 않았다. 세례 갑옷은 침대 옆에 뒀지만 지금은 그것까지 챙겨 입을 시간이 없다.

게다가 성검을 가지고 있다고는 해도 샤스틸은 교회에서 암살당할 뻔한 신세다.

더군다나 지금까지 적대 관계에 있던 마술사 자간의 신세를 지고 있었다는 사실은 의심을 사기에 충분했다.

그렇다면 샤스틸은 무엇을 위해 검을 휘둘러야 하는 걸까.

바닥에 털썩 주저앉았다.

"괜찮으세요? 다시 몸이 안 좋아진 건……."

네피가 얼른 달려와 몸을 부축해주었다.

"아니, 괜찮, 아……."

"그러, 세요……?"

사실은 전혀 괜찮지 않았다. 네피는 평소처럼 무표정한 얼굴을 하고 있었지만 샤스틸이 걱정되는지 귀 끝을 떨었다.

작게 한숨을 내쉰다.

"이런 때에 할 말은 아닐지도 모르지만 네가 조금 부러워."

자신도 모르게 입을 뚫고 나온 약한 소리에 네피의 눈이 동그래졌다. 샤스틸이 봐도 그런 변화를 알 수 있다는 건 의외였다.

——전에 만났을 때보다는 제법 표정이 풍부해졌구나.

이 또한 자간의 덕분이리라.

그 정도로 친하지 않은 자신의 눈으로 봐도 그들이 화목한 사이라는 건 명백했다.

——사랑하고, 사랑 받고, 그것이 허락되는 사이라는 것은, 부러워.

적을 보고서 그런 생각을 하는 자신이 이상한 것이리라. 그럼에도 샤스틸은 그 남자의 고독을 어루만져줄 수 있는 사람이 되고 싶었다.

하지만 네피는 고개를 가로저었다.

"글쎄요. 전 샤스틸 씨가 더 부러운걸요."

"……하하. 나한테 부러워할 만한 게 뭐가 있다고."

자조하는 샤스틸의 모습에 네피는 스커트 자락을 꽉 쥐고 이렇게 말했다.

"샤스틸 님은 자간 님이 계신 곳에 달려갈 수 있잖아요."

네피답지 않게 강한 감정이 담긴 말이었다.

"전 여기서 자간 님을 기다려야만 하죠. 자간 님은 무척 강한 분이지만 많이 힘들지도 몰라요. 포레와도 마음이 제대로 전해지지 않은 채 서로 엇갈리기만 할지도 모르고요."

기다리는 사람의 불안한 마음을 그곳에 가 있는 사람은 모른다.

하지만 샤스틸은 '기다리는 사람'이 아니다.

——그렇지만 가서 뭘 어쩌라는 거야…….

아무 말도 못하고 있자 네피의 말이 이어졌다.

"전 곁에서 위로해주지도, 힘이 되어주지도 못해요."

——나도 그럴 수 있으면 좋겠다고 생각했지. 그런데도…….

어쩐지 괜히 분해진 샤스틸은 머리를 흔들었다.

"나더러 그러라는 건가? 난 적이다. 자간의 명령 따윈 무시하고 네가 쫓아가면 되잖아!"

거칠게 외치자 하얗고 부드러운 것이 샤스틸의 얼굴을 가만히 감쌌다.

"그건, 불가능해요."

네피였다.

무슨 생각을 했는지 샤스틸을 품에 안고 있었다.

"자간 님이 돌아오셨을 때, 제일 먼저 '어서 오세요'라며 맞아주는 것이 제가 할 일이니까요."

그러더니 샤스틸의 머리를 어루만졌다.

"자간 님이 안 계시는 동안 성을 지키는 것이 제 임무랍니다."

그건 싸운다는 의미가 아닐 것이다.

돌아온 주인이 편히 쉴 수 있는 공간을 지킨다는 뜻이다.

네피의 품에 안겨서 머리를 맡기고 있으니 몸에서 힘이 빠졌다.

절대 해선 안 되는, 약한 속마음이 입 밖으로 나오고 말았다. 아무리 참으려 해도 금세 약해지고 마는 지금의 자신에게는 어쩔 수 없는 일이었다.

"나도 녀석에게 검 따윈 겨누고 싶지 않았어……."

"네."

네피는 머리를 쓰다듬으며 조용히 고개를 끄덕여주었다.

"그렇지만 난, 성기사인걸……."

"네."

부정도 긍정도 하지 않고 그저 고개만 끄덕인다.

그런 네피의 품은 너무나도 따뜻해서 자신도 모르게 매달리고 말았다.

"솔직하게 싸우고 싶지 않다고 이야기한 탓에 이런 일을 당한 거야……."

"네."

한때는 성검을 박탈당하고 자신보다 강한 성기사장에게 비아냥을 들어야 했으며, 이번에는 독을 마시고 죽을 뻔했다.

눈물이 뚝뚝 흘러내려 네피의 깨끗한 잠옷을 적신다. 그런데도 네피는 싫은 얼굴 한 번 하지 않고 다시 맞장구를 쳐주었다.

그래서 샤스틸은 더는 참지 못하고 외쳤다.

"난 그 녀석을 쓰러뜨리고 싶은 게 아니었어. 그 녀석과 함께 싸우고 싶었던 거야!"

성기사로서 절대 해선 안 되는 말이다.

마술사가 들더라도 무슨 말도 안 되는 소리냐고 경멸할 것이다.

하지만 네피는 칭찬하듯 고개를 끄덕였다.

"잘 알고 계시잖아요."

믿기지 않는다는 심정으로 고개를 드니 네피는 평소와 똑같은 표정으로 샤스틸을 바라보고 있었다.

"처음으로 제대로 된 이야기를 나누었을 때, 샤스틸 씨는 자간 님이 외로워 보인다는 것을 알아채셨죠."

네피가 자간에게 쫓겨나서 샤스틸과 마뉴엘라, 이렇게 셋이 모였을 때의 일을 말하는 것이리라.

네피는 그때가 그립다는 듯, 하지만 조금 분한 것처럼 귀를 떨었다.

"사실은 조금 질투했어요. 자간 님을 이해해줄 수 있는 사람은 저밖에 없다고 생각했거든요."

처음 자간과 만났을 때, 샤스틸은 결과적으로 그의 도움을 받아 목숨을 건졌지만, 그는 그 일로 샤스틸에게 보상을 요구하지는 않았다. 아니, 그녀를 구해줬다는 인식 자체가 있는지 의심스러울 정도였다.

하지만 그의 옆모습은 무척 쓸쓸해 보였다.

마치 정말로 도움을 필요로 하고 있던 사람은 그였던 것처럼.

——네피는 자간을 구해줬어.

지금의 자간에게선 그런 외로움의 흔적은 눈을 씻고 찾아봐도 보이지 않는다.

눈치채고 있었으면서도 아무것도 하지 못했던 샤스틸과 달리 네피는 성에서 쫓겨났어도 자간을 구해주었다.

멍하게 있는 샤스틸의 이마에 붙은 앞머리를 떼어주며 네피가 말했다.

"하지만 마찬가지로 기쁘기도 했어요. 자간 님을 이해해주는 사람이 바깥세상에도 있구나 싶어서."

그렇게 이야기하는 네피의 모습을 샤스틸은 넋을 잃고 바라보았다.

――정말 강해졌구나.

자간뿐만 아니라 샤스틸에게도 이런 말을 할 수 있을 정도로.

네피는 샤스틸의 어깨를 툭 두드렸다.

"이제 괜찮으세요?"

"아……. 으, 응."

지금껏 안겨 있었다는 사실에 얼굴이 새빨갛게 달아올랐다.

그리고 머뭇거리며 되물었다.

"혹시 나를, 위로해준 거야?"

확인할 필요도 없는 일이다. 하지만 정말 그렇게 생각해도 되는지 확신을 가지고 싶었다.

네피는 깜짝 놀라 고개를 갸웃거렸다.

"네. ……저, 혹시, 제가 서툴렀나요?"

"그런 건 아니지만, 왜지? 그게, 난, 마술사의 적이잖아."

지난 며칠, 함께 식사를 하고 청소도 하며 한 지붕 아래에서 지내놓고 이제 와서 무슨 말인가 하는 생각은 자신도 하고 있었다.

하지만 뿌리를 따져보면 자신들은 '적'이지 않은가.

그렇게 묻자 네피는 의아한 듯 고개를 기울였다.

"그렇지만 우리는 친구잖아요?"

——이 아이는 나도 그렇게 생각해주는 건가.

못 당하겠군.

그와 동시에 그녀가 소중히 여기는 것을 함께 지켜주고 싶었다.

샤스틸은 눈물을 닦고 일어났다.

"한심한 모습을 보여서 미안해."

"아니에요."

그리고, 라고 덧붙이는 네피의 입가가 기분 좋게 풀어져 있다. 아직 어색하지만, 그건 분명 미소였다.

"자간 님의 우려의 씨앗을 제거하는 것도 제가 할 일이니까요."

"우려라는 건, 나?"

"네. 발바로스 님과의 사건 이후, 상당히 걱정하고 계셨어요."

샤스틸은 자신의 귀를 의심했다.

"내 얼굴도 기억하지 못하던데?"

"그렇지 않아요. 적어도 제 눈에는 그렇게 보였답니다."

네피가 그렇다면 분명 그럴 것이다.

더 이상 망설이지 않을 것이다.

"고마워. 나도 이만 가볼게."

이제 와서 잃을 건 아무것도 없다.

──그렇다면 마지막 정도는 내가 원하는 대로 검을 휘두르고 싶어.

그 남자는 필요로 하지 않을지도 모르지만 샤스틸이 그렇게 하고 싶었다.

그래서 그림자 속으로 발을 내딛었다.

세례 갑옷은 없지만 성검을 손에 쥐고.

"네. 잘 다녀오세요, 샤스틸 씨."

자신을 친구라고 불러준 소녀의 배웅을 받으며, 샤스틸은 그림자 속으로 사라졌다.

◇

다시 마왕전.

세례 갑옷이 깨지고 치명상을 입었음에도 불구하고 라파엘은 다시 일어나고 있었다.

자간은 그 모습을 방심하지 않고 관찰했다.

──마술……은 아니군. 용에게서 얻은 힘인가?

마술이라면 자간이 '먹을 수 있고', 애당초 성기사가 그렇게 혐오하는 마술에 손을 대리라 생각하는 건 어려웠다.

치명상을 입고도 다시 일어나는 성검 소유자는 마술사에게 있어 악몽 같은 존재다. 마왕 후보라도 쓰러뜨리기는 쉽지 않을 것이다.

하지만 자간은 유쾌한 듯 미소 지었다.

“잘됐다, 포레. 이 녀석은 간단히 죽지는 않을 모양이다. 어떤 벌을 줄지 생각하고 있어.”

“……으, 응.”

포레는 기가 죽은 것처럼 숨을 삼켰지만 이내 날이 선 노기를 담아 고개를 끄덕였다.

그런 포레를 라파엘이 조용히 바라봤다. 기분 탓일까. 그 눈동자에 연민도 애수도 아닌 빛이 떠올라 있는 것처럼 보였다.

한숨과도 같은 묵직한 목소리가 물었다.

“나를 상당히 증오하고 있는 것 같군.”

“내 딸에게 손을 대려고 하는데 당연히 화가 나지. 무엇보다 너도 500명에 가까운 숫자의 마술사를 죽여오지 않았나? 원망 받는 게 싫다는 건 너무 뻔뻔한 것 아닌가?”

“그건 네놈의 이유 아닌가?”

라파엘의 시선이 향한 곳은 포레였다.

포레는 이를 악물고 그를 노려봤다.

“현룡 오로바스――네놈이 죽인 용의 이름이다.”

자간이 포레의 입에서 그 이름을 듣는 것은 처음이었다.

――마술사로 비유하자면 〈마왕〉 중에서도 가장 격이 높은 마르코시어스급의 거물이다. 설마 포레가 그런 용의 딸이었을 줄은 몰랐다.

그러나 자간은 그 사실에 의문을 품었다.

――전설적인 용을 이 정도 힘으로 죽일 수 있나?

물론 라파엘의 힘은 인간으로서는 극한의 영역에 이르렀다.

그 힘이 약해 보이는 건 그저 자간이 너무 강한 마술사이기 때문이다. 평범한 마술사나 인간이 이 남자를 쓰러뜨리려면 천군만마가 필요할 것이다.

하지만 분명 라파엘은 자간의 공격을 받고도 일어났고, 그건 용을 먹고 손에 넣은 힘 덕분이다. 그러면 힘을 손에 넣은 순서가 반대가 되어버린다.

가장 처음에 보였던 힘으로 어떻게 할 수 있는 상대가 아닐 텐데…….

오로바스의 이름을 들은 라파엘의 눈이 휘둥그레졌다.

"……그렇군. 오로바스의 자식이었어."

어딘가 지친 기색이 묻어나는 목소리였다.

땅에서 성검을 뽑아들더니 손에서 힘을 뺐다.

"그럼 베지 않을 수 없지!"

라파엘은 성검을 치켜들고 포레를 향해 돌진했다.

"그렇게, 놔둘 것 같나?"

그 얼굴에 자간의 주먹이 꽂힌다.

평범한 마술사라면 두개골이 깨질 정도의 힘이 실린 일격이었다. 그 주먹에 정면으로 맞은 거구의 성기사는 하늘을 향해 벌렁 쓰러진 자세로 허공을 날아갔다.

손에 확실히 느껴진 감촉.

턱뼈가 부서졌다는 걸 알 수 있었다. 턱에는 이를 시작으로 무수히 많은 신경이 모여 있는 데다, 두개골의 구조상 이곳에 가해지는 타격은 뇌를 크게 뒤흔들게 된다.

마술사든 성기사든 용이든, 이 주먹을 맞고 일어날 수 있는 자는 없다.

——네가 무슨 생각을 하고 있는지는 모르겠지만 일단 무력화하도록 하지.

라파엘은 그대로 머리부터 땅에 부딪쳤——는 줄로만 알았다.

"읏!"

그런데 라파엘은 놀랍게도 몸을 비틀어 두 발로 착지했다.

자간도 올려다봐야 할 정도의 거구라는 사실이 믿기지 않는 몸놀림. 그보다 더 대단한 건 통각을 능가하는 집념이다.

"뭐라고?"

그리고 그대로 자간의 옆을 지나 속도를 높였다. 치명적인 일격을 가했다고 확신했던 자간은 재빨리 반응하지 못했다.

그 앞에 있는 포레는 용에서 인간의 모습으로 돌아온 직후라 완전히 무방비한 상태였다.

"나를 우습게, 보지 마!"

포레의 손에 마술이 모인다.

"안 돼, 포레!"

자간은 소리 높여 제지했지만 포레는 라파엘을 향해 마술을 발했다.

——늦었다.

그렇게 생각했을 때였다.

키잉, 하는 날카로운 소리를 내며 검과 검이 충돌했다.

새하얀 두 성검의 충돌에 푸르스름한 원 모양 충격이 주위로 퍼진다.

그 빛의 고리는 수면에 떠오르는 파문처럼 지하 동굴 전체, 마왕전 내부로 퍼져나가 사라졌다.

그렇다, 성검이, 한 자루 더 있었다.

"……거기까지, 하시죠, 라파엘 님."

어디서 나타났는지 모르겠지만, 그 검을 받아낸 사람은 샤스틸이었다.

"아, 맞다. 그림자를 닫는다는 걸 깜빡했네."

발바로스가 미안해하는 기색도 없이 중얼거렸다.

자간이 싸우는 동안 그림자를 지나 이곳까지 쫓아온 모양이다.

오기 전에 무슨 열이 있었는지 눈가에는 눈물이 맺혀 있고 코끝은 새빨갰지만.

그래도 역시 세례 갑옷을 입을 시간은 없었는지, 성검은 있지만 옷은 군청색 셔츠와 스커트만 입고 있었다.

세례 갑옷의 가호도 없이 성검 하나만 들고 성기사장의 일격을 막아낸 것이다.

분명 경탄할 만한 기량이었지만 자간이 놀란 이유는 그녀가 이곳에 있다는 것 때문이 아니었다.

——이 녀석, 라파엘의 검과 **포레의 마술**을 같이 막아냈어.

포레도 라파엘에 맞서 싸우기 위해 마술을 발하고 있었다. 라파엘을 꿰뚫었어야 하는 그 마술도 어느새 사라지고 없었다.

폭발한 것은 아니다.

깨진 것이다.

예전에 자간과 대치했을 때는 보여주지 않았던 예리함이었다.

"무슨, 생각이지?"

포레는 신음을 흘리며 샤스틸을 노려보았다.

샤스틸은 라파엘의 검을 막아내며 억누른 목소리로 대답했다.

"네게는 괴롭힘만 당했지만, 네가 사는 곳에 흙발로 들어간 건 나야. 싸우기 전에 대화를 나눌 수 없을까?"

성에서 본 어리숙한 모습이 마치 거짓인 것처럼 느껴지는 야무진 말이었다.

——이 녀석도 뭔가를 떨쳐낸 건가.

그 모습에서 망설임이나 두려움 같은 건 찾아볼 수 없었다.

어쩔 수 없이 자간은 포레의 옆으로 다가가 머리를 툭 하고 두드렸다.

"대화 정도는 응해줘도 되잖아. ……하지만 지금은 잠깐만 기다려."

"왜?"

자간의 시선이 향한 곳은 샤스틸이 아니라 라파엘이었다.

"이 녀석을 심문하고 싶지만 턱이 깨진 탓에 말을 못하거든."

자간의 일격은 라파엘의 턱을 부쉈다.

재생은 시작되었지만 아직 말을 할 수 있는 상태는 아니다. 이

상태로 용케도 검을 휘둘렀구나 싶어 오히려 탄복했다.

마침내 힘이 다했는지 라파엘은 무릎을 꿇었다.

샤스틸도 맨몸으로 일격을 받아내느라 온 힘을 다 썼는지 숨을 헐떡이며 주저앉았다.

——라파엘 자식, 도중에 다시 살기가 사라졌어.

포레를 향해 덤벼들려던 때부터다.

게다가 자간의 일격은 역시 치명적인 타격을 줬다.

샤스틸이 끼어들지 않았더라도 이 남자에게는 포레를 벨 힘이 남아 있지 않았을 것이다. 포레 또한 마왕 후보에 이름을 올린 마술사니 말이다.

그래서 자간은 포레를 막았다.

자간은 라파엘 앞에 섰다.

"난 악당이다. 마술사가 성기사를 고문한다 해도 이상할 것은 없지. 하지만 죽일 마음도 없는 상대를 때리는 건 영 기분이 안 좋아서 말이야. 도대체 무슨 생각인지 한번 들어볼까?"

이 남자에게 자비나 동정의 감정이 싹튼 건 절대 아니다. 친해질 생각도 없다.

그저 마음에 들지 않았다.

이 남자가 싸우는 방식은 마치——,

"죽여달라고 하는 것 같은 놈을 죽인들 기분만 더러워지거든."

그 말에 포레가 눈을 동그랗게 떴다.

"무슨, 말이야?"

"그걸 몰라서 이 녀석에게 묻고 있는 거다."

하지만 상상이 되지 않는 것도 아니다.

——오로바스의 이름을 들은 순간, 이 녀석의 살기는 사라졌다.

라파엘이 베었다는 용의 이름이다. 포레가 그 딸이라는 것을 알고 전의를 상실한 것이라면 이 남자의 행동에 대한 답도 조금씩 보이기 시작한 셈이다.

——속죄——.

성기사가 용이나 마술사에게 죄책감을 느낄 리 없다. 하지만 그렇게 생각하면 어느 정도 앞뒤가 맞는다.

그렇게 그를 내려다보고 있는데 샤스틸이 로브 자락을 잡아당겼다.

"자, 잠깐 기다려, 자간."

"……너까지 끼어들면 일만 골치 아파지니까 가만히 있어."

"그게 아니야."

그렇게 말하며 라파엘을 바라보는 샤스틸.

"너무 갑작스러워서 나도 잘 믿기지 않지만, 맞겠지?"

"무슨 소리야?"

자간이 미간을 찌푸리자 샤스틸은 또렷한 어조로 말했다.

"당신이 그때 그 후드를 쓴 남자——오로바스지?"

""뭐……?""

그것은 포레의 아버지이자 라파엘이 죽인 용의 이름이다.

자간도 포레도 자신의 귀를 의심할 수밖에 없었다. 이야기를 미처 따라가지 못하는 발바로스만이 멍하니 서 있었다.

"어이, 그게 무슨 뜻이냐?"

자간이 샤스틸에게 다가갔을 때였다.

쿵 소리를 내며 '무언가'가 부서졌다.

◇

샤스틸이 성검을 고쳐 쥐고 떨리는 목소리로 중얼거렸다.

"자간……."

"알아."

소리는 마왕전에서 울려 퍼졌다.

부서진 문 너머에서 뭔가가 움직이고 있는 게 느껴졌다.

——무언가, 있어……?

전날, 자간 일행이 조사했을 때는 없었던 '무언가'다.

그리고 으스스한 공기가 흘러 들어왔다.

끈적하게 피부에 들러붙는 이질적인 바람. 숨이 막힌다. 냄새는 없지만 위가 수축되는 바람에 구역질이 났다.

장기(瘴氣)……에 비유하면 그나마 비슷할까.

육체는 말할 것도 없고 정신까지 갉아 먹힐 것 같은 저주의 바람이었다.

"으……, 크으……."

샤스틸이 괴로워하며 가슴을 눌렀다.

독으로 인해 몸이 상하기도 했지만 세례 갑옷을 입지 않은 그녀는 지금 이곳에서 제일 무방비한 상태였다. 어쩔 수 없이 자간은 샤스틸을 감싸듯 앞에 섰다.

발바로스의 당황한 목소리가 들렸다.

"어, 어이. 무슨 일이 일어난 거냐?"

"내가 어떻게 알아!"

자간이 그렇게 대꾸하고 얼마 후, 마왕전의 문에서 그 '무언가'가 모습을 드러냈다.

그 모습은 인간과 비슷했다.

꼭대기에 머리에 있고 두 팔과 두 다리를 가지고 있다.

그렇지만 절대 인간은 아니다.

피부는 바위처럼 딱딱했는데 숨을 쉴 때마다 징그럽게 요동쳤다. 피부에는 검은 줄이 균열처럼 뻗어 있는데, 아마도 혈관 비슷한 것인 모양이다.

무엇보다 이질적인 것은 그 얼굴이다.

작은 이빨이 촘촘하게 난 입은 이마에 있고 잔뜩 핏발이 선 눈은 얼굴 중심과 왼쪽 귀에 있다. 코는 없고 그 대신 따개비처럼 생긴 관이 여기저기 솟아 있었는데, 그곳으로 공기가 빨려 들어갔다가 다시 나오고 있었다.

다만, 그곳으로 호흡하고 있는 것은 공기가 아니라 마력이다.

가슴을 누르고 있는 샤스틸의 반응을 봐도 알 수 있다.

인간, 생물, 자연, 생명의 유무를 따지지 않고 마력을 가진 모든 것들로부터 닥치는 대로 마력을 먹어치우고 있었다.

그러나 자간은 이 공기를 알고 있었다.

그 모습을 본 적이 있었다.

"마족……이라고?"

그렇게 중얼거렸다가 이내 아니라는 것을 깨달았다.

——그때 본 마족만한 공포는 느껴지지 않았다.

예전에 발바로스가 마족을 소환한 적이 있었다. 눈앞에 있는 괴물은 그것과 비슷했지만 그때의 마족은 좀 더 이질적인 존재였다.

곧이어 포레가 신음하듯 말했다.

"아니야. 이건, 마왕전의, 문지기."

어떤 마법진으로 인해 봉인되어 있던, 마족을 본뜬 조각상이다.

"……그렇군. 방금 전 성검의 충돌로 인한 여파인가."

봉인이 깨진 걸까, 아니면 우연히 기동한 걸까.

——아니, 아마 봉인되어 있었을 거다.

아무리 그래도 이런 존재가 우연히 기동되게 할 만큼 마르코시어스가 망령이 들지는 않았을 것이다.

"골렘의 일종인가……?"

마족과 비슷한 것 같지만 많이 다르다. 적어도 자간이 이길 수 없다는 공포감에 사로잡힐 만큼 절대적인 존재는 아니다.

그렇지만 마르코시어스의 유산이다. 겉모습처럼 형편없는 존재는 아닐 터.

이건 자간에게도 미지의 존재였다.

"말도, 안 돼……."

쉰 목소리로 중얼거린 사람은 라파엘이었다. 보아하니 말을 할 수 있을 정도로는 회복된 모양이다.

——이 녀석의 이야기도 좀 들어보고 싶은데.

하지만 눈앞의 괴물은 이쪽 이야기를 들어줄 것 같지 않았다. 먼저 이 괴물부터 처리해야 했다.

"자, 어떻게 할까."

자간이 그렇게 중얼거렸을 때였다.

멀리 떨어져 있는 괴물의 눈알이 자간을 찌릿 쳐다본다.

——살기다!

그것을 느낀 순간 자간이 의식한 것은 오른손에 있는 〈마왕의 각인〉이었다.

이 괴물이 마족에 준하는 존재라면 전과 똑같이 〈마왕의 각인〉으로 쫓아낼 수 있을지도 모른다.

자간은 오른손을 들고 외쳤다.

"〈마왕의 각인〉으로 자간이 명한다. 이형(異形)의 존재여, 그대가 있어야 할 곳으로 돌아가라."

그 부름에 응해 〈각인〉이 불길한 빛을 발했다.

전에 본 마족은 이렇게 명령하자 무릎을 꿇고 사라졌다. 이번에는 과연…….

"제길, 틀렸어. 온다!"

자간은 날카롭게 혀를 찼다.

괴물의 이마에 있는 입이 크게 벌어지더니 파괴적인 마력이 모이기 시작한 것이다.

공격해온다.

그렇게 느끼고 걱정하며 뒤쪽을 돌아보자 제일 먼저 눈에 들어온 것은 여전히 일어나지 못하고 있는 샤스틸이었다.

——이 녀석, 세례 갑옷도 없는데 이대로 두면 죽는 거 아니야?

그래서 반사적으로 샤스틸의 멱살을 잡고 뒤로 뛰어 물러났다.

그래서 보지 못했다.

샤스틸이 감싸고 있던 사람이 그 뒤에 있다는 것을.

"——어서 피해, 포레!"

"엇……."

갑작스러운 일에 포레는 넋을 놓고 우두커니 서 있기만 했다.

그 순간 괴물의 입에서 빛이 발사되었다.

빛은 자간이 서 있던 곳을 지나 포레까지 휩쓸었다. 그 직전에 무언가가 포레를 덮치는 모습이 보인 것 같았다.

세찬 빛줄기가 잦아들자 지면은 유리처럼 융해되어 있었다.

불타서 문드러진 대지 사이에 무사히 형태가 남아 있는 바위 표면이 있었다. 그 공간에 두 사람의 그림자가 보였다.

"으, 으으……."

작게 신음하는 포레와 그녀를 감싸고 있는 라파엘이었다.

라파엘의 왼쪽 어깨 아래 부분은 사라지고 없었다.

머릿속이 뜨거워진다.

그 분노는 자신이 포레를 지키지 못했다는 것 때문일까, 아니면 숨통을 끊지 못한 적을 빼앗겼기 때문일까.

어느 쪽이 됐든 자간이 주먹을 휘두르기에는 충분한 이유였다.

괴물이 다시 입을 벌렸다.

"꼭두각시 주제에, 어디 건방지게!"

그렇게 내뱉었을 때, 자간은 이미 괴물의 머리 위로 달려들고 있었다.

"뭉개버려라――〈천린〉!"

눈 깜짝할 사이에 2,000개로 이루어진 '회로'가 자간의 손바닥에 구축되더니 폭력적일 정도로 강력한 방패가 만들어졌다.

자간은 그 마법진을 꽉 쥐더니 곧장 주먹을 휘둘렀다.

〈천린〉의 주먹은 마력이 모인 입과 함께 괴물의 머리를 통째로 박살냈다.

바위를 산산조각 내는 자간의 완력에 〈천린〉의 강도가 더해진 주먹이다.

파괴는 머리에만 그치지 않고 몸통을 좌우로 찢어서 괴물을 두 동강 냈다. 좌우로 나뉘면서 평범한 돌덩이에 지나지 않게 된 괴물은 천천히 무릎을 꿇으면서 바닥에 엎드렸다.

자간은 그 말로를 확인할 새도 없이 정통으로 빛에 맞은 포레와 라파엘을 향해 달려갔다.

"어이, 두 사람 다 살아 있나?"

말을 걸자 포레가 희미하게 눈을 떴다.

"난, 괜찮아……."

무슨 생각인지, 라파엘은 자신의 몸과 성검을 방패로 삼아 포레를 지켜준 것 같았다. 어린 소녀에게는 상처 하나 없었다.

그러나 라파엘은 그렇지 못했다.

어깨와 함께 팔이 날아간 모습에 포레의 얼굴에 당혹스러운 빛이 떠올랐다.

"도대체 무슨 생각으로 이런 짓을 한 거지?"

아직 의식은 있는지, 라파엘이 눈을 떴다.

"……난 내가 할 일을 한 것뿐이다. 네놈과는 상관없다."

상처가 너무 심해서 통각이 마비되었는지 목소리에서 배어나는 고통의 빛은 엷었다.

——하지만 심장과 너무 가까워.

라파엘의 회복 능력이 어떤 식으로 되어 있는지는 모르지만 왼쪽 어깨가 통째로 날아간 상처는 심장에까지 미치고 있었다. 출혈도 이미 치사량이다. 용의 힘이 있어도 살아나긴 힘들 것 같았다.

그런데도…….

"윽……, 크으윽……."

라파엘은 일어났다.

치명상을 입어서 대량의 피를 뚝뚝 흘리면서, 백은의 갑옷을 붉게 물들이고 그 얼굴에 죽음의 빛을 드리운 채로도 어떻게 이 남자는 일어날 수 있는 걸까.

아니, 왜 일어나야만 하는 걸까.

라파엘은 피를 토하면서도 흐트러짐 하나 없이 입을 열었다.

"내가 오로바스의 원수라고 했나?"

"……그, 그래."

집념마저 느껴지는 무시무시한 남자의 모습에 압도당하면서도 포레는 고개를 끄덕였다.

라파엘은 어린 소녀를 똑바로 바라보며 이렇게 말했다.

"그건 오해다. 그 위대한 용은 나 같은 놈에게 당할 만큼 왜소한 존재가 아니야."

그건 자간도 의아하게 생각했던 점이었다.

——성검이 대단하기는 하지만 전설적인 용을 쓰러뜨릴 수 있을 정도인가?

전설적인 용은 열세 명의 〈마왕〉조차 쓰러뜨릴 수 있을지 없을지 확신할 수 없는 존재다.

라파엘은 분명 성기사를 뛰어넘는 힘을 가지고 있지만 자간에게 제압당할 정도니 오로바스를 죽이는 건 불가능하다.

포레는 그런 현실을 인정할 수 없다는 듯 외쳤다.

"거짓말이야! 난 봤어. 네가 아버지의 시체를 먹어치우는 모습을! 네놈이 아버지를 속여서 죽인 거잖아."

"그렇다면 하나 묻지. 네가 아는 오로바스는 고작 인간 따위에게 배신당한 정도로 패배하는 약한 용이었던가?"

"……이 상황에서도 아버지를 폄하하는 거냐!"

"오로바스를 우롱하고 있는 건 너라는 말을 하고 있는 거다."

당황하는 포레에게 라파엘의 이야기가 이어졌다.

"네가 나를 어떻게 생각하는지는 알 바 아니다. 그러나 오로바스의 명예를 위해 말해두지. 그 위대한 용은 결코 우리 인간 따위에게 당한 게 아니다."

"무슨, 뜻이지?"

라파엘은 조용히 숨을 내쉬었다.

"그날, 난 어떤 적을 없애기 위해 현룡 오로바스에게 도움을 청했다. 그 용은 내 부탁을 들어주었지."

"적……?"

성기사가 용의 힘을 빌려서까지 물리쳐야 하는 적이라는 게 누구지?

——〈마왕〉……은 아닌가?

자간도 숨을 삼키고 다음 말을 기다렸다.

이윽고 라파엘은 천천히 고개를 돌렸다.

그 눈동자는 포레가 아닌, 그렇다고 자간과 샤스틸도 아닌 그 너머, 자간이 박살낸 돌덩이로 향했다.

"마족——전승 속에서 그렇게 불리는 존재다."

포레의 눈이 휘둥그레졌다.

"헛소리 하지 마. 그런 게 아직도 존재한다는 이야기는 들어본 적 없어."

"그럼 저건 뭐지? 우리의 상식 속에 있는 그 어떤 존재와도 동

떨어진 괴물이 아닌가."

"……그건."

포레는 대답하지 못했다.

"인정하고 싶지 않은 마음은 이해한다. 나도 저건 이 세상에서 사라진 존재라고 생각했다. 그런데 마족은 실제로 현세에 나타나 수많은 성기사와 위대한 용의 죽음을 불러왔다."

라파엘은 피를 토하는 듯한 목소리로 말했다.

"그리 멀지 않은 미래에 그들은 돌아올 거다."

믿기 힘든 말에 포레가 매달리듯 바라본 건 자간이었다.

자간은 힘주어 고개를 끄덕여 보였다.

"사실이다. 이 세계로 돌아올지 어떨지는 모르지만 마족이라 불리는 놈들은 지금도 존재하고 있어. 그래서 놈들을 죽일 수단을 찾기 위해 전승을 조사했던 거다."

라파엘이 이야기한 긴급한 사태를 완전히 이해한 것은 아니지만, 그것과 싸워야만 하게 될 때 대항할 수 있는 수단이 없다는 사실은 뼈저리게 느꼈다.

――어쩌면 발바로스가 마족을 소환할 수 있었던 것 역시 그 징조일지도 모르지.

발바로스가 엄청난 힘을 가진 마술사인 것은 사실이지만, 그때의 의식은 산 제물도 부족한 상태에서 자간의 힘으로 예기치 않게 기동시킨 불완전한 존재였다.

마족은 그런 마술로 소환할 수 있을 만큼 작은 존재가 아닐 텐데 말이다.

포레도 자간의 말이 사실임을 알고 있을 것이다. 성의 서고에는 마족에 관한 책만 쌓여 있었으니까.

포레는 믿을 수 없다는 얼굴로 라파엘을 올려다봤다.

"그럼 아버지는 마족과 싸워서 패했다는 거야?"

그 물음에 라파엘은 고개를 가로저었다.

"패한 게 아니다. 그 목숨을 바쳐 적을 물리친 것이다."

그건 단순한 표현의 차이일 뿐이다.

그래도 그 용은 높은 긍지를 가지고 싸웠노라고, 이 남자가 그렇게 믿고 있다는 것만은 전해졌다.

그건 포레에게도 마찬가지였을 것이다.

입술을 꽉 물고 중얼거렸다.

"……그럼 난 누구를 미워하면 되지?"

"미워하는 게 아니라 자랑스러워하면 된다."

포레의 눈썹이 일그러졌다.

"자랑스러워……하라고?"

"그래. 자랑스러워해라. 오로바스는 목숨을 걸고 너와 네가 있는 세상을 지켰다. 네가 그걸 자랑스러워하지 않으면 누가 자랑스러워 하지?"

라파엘은 그렇게 말하더니 포레 앞에 무릎을 꿇었다.

"나를 죽여서 오로바스를 자랑스러워할 수 있다면 그렇게 해라. 이 목을 네게 주마."

라파엘은 치명상을 입고도 재생을 시작한 자신의 몸을 내려다보았다.

"마족은 강대하다. 교회와 마술사가 싸우는 지금 이 세상에 되살아난다면 우리에게 승산은 없을 터. 거기에 대비해야만 한다. 그래서 난 비열하게도 오로바스의 피를 마시고 그 사지에서 살아남았다."

그게 포레가 본 광경일 것이다.

라파엘은 샤스틸에게로 시선을 돌렸다.

"그렇지만 내 역할은 끝났다. 공생의 씨앗은 이미 싹이 텄어. 마지막 임무가 오로바스에게 바치는 작별 선물이라면 그 또한 어쩔 수 없지."

그제야 상황을 전부 이해한 자간이 입을 열었다.

"그러면 샤스틸이 말한 '공생파'의 사자라는 게 정말 너였나?"

라파엘은 조용히 고개를 끄덕였다.

"그래. 〈마왕〉과 성기사장이라는 지위에 있지만 너희 둘에게는 유대감이 있다. 그것이 내가 바라는 희망과 가장 가까운 것. 그래서……."

"이봐, 그 녀석을 믿으라는 건 좀 무리 아니냐?"

그때 이의를 제기한 사람은 발바로스였다.

"지금까지 네가 몇 백 명이나 되는 마술사를 죽여왔는 줄 알아? 그런데 평화라고? 누가 그걸 납득하겠어!"

그 말에 대해서는 자간도 같은 의견이었다.

하지만 라파엘은 그것도 이해한다는 듯 고개를 끄덕였다.

"그 점은 충분히 이해한다. 난 공생의 기치가 되지 못하지. 그래서 성검의 소녀가 필요했던 거다."

느닷없이 중대한 임무를 떠안게 된 샤스틸이 당황해서 외쳤다.

"자, 잠깐만. 그 이야기, 난 아직 받아들이지……."

그 다음 말은 듣지 못했다.

으드득, 무너진 줄 알았던 돌덩이가 움직인 것이다.

소리가 난 곳을 보니 둘로 나뉘어 부서진 괴물이 다시 일어나려 하고 있었다.

◇

"……하아. 이 세상에는 불사신 같은 놈들이 정말로 많군."

팔이 통째로 날아가도 살아 있는 성검 소유자에 선대 〈마왕〉의 유산인 괴물까지. 이놈들에 비하면 자간은 아직 인간미가 느껴질 정도다.

"한 번 더 정리하고 오지. 잠깐 기다리고 있어."

"숨통을 끊어놓을 수 있나? 저걸?"

라파엘의 말에 자간은 어깨를 으쓱였다.

"골렘은 내 전문 분야가 아니지만 마술로 만든 물건은 부술 수 있지."

"저건 골렘이 아니다."

확신에 찬 그 말에 자간의 눈썹이 찌푸려졌다.

"무슨 말이지?"

"저건 너희들이 말하는 키메라(합성생물)다. 마술로 만들어낸 골렘(인조생명체)과 다른 하나의……."

그 말을 들은 순간, 자간의 몸에는 소름이 돋았다.

"……어이, 설마."

"그래. 저건 마르코시어스가 만든 마족의 키메라다."

자간은 그 말을 부정할 수 없었다.

왜냐하면 자신도 이 괴물을 봤을 때 제일 먼저 마족의 이름을 떠올렸기 때문이다.

――마르코시어스 자식, 골치 아픈 놈을 남겨놓고 죽으면 다냐!

라파엘은 증오스럽다는 듯 괴물을 응시했다.

"틀림없다. 저건 나와 오로바스가 쓰러뜨린 마족의 잔해다. 마르코시어스는 그걸 회수해서 이 키메라를 만든 거야."

잔해는 어디까지나 잔해다.

원래의 힘에는 크게 미치지 못하겠지만, 그래도 마족은 마족이다. 그냥 때리기만 해서는 죽이지 못한다는 것도 사실이다.

그런데도 자간의 얼굴에는 미소가 떠올라 있었다.

――마침 잘됐군. **또 하나**의 성능도 시험해볼까.

돌로 된 괴물, 마족의 키메라는 거의 재생이 끝나가고 있었다. 자간은 다시 그 손에 〈천린〉을 불러내서 앞으로 나갔다.

"샤스틸, 너도 가봐라."

"……난 아직, 당신의 제안을 받아들이겠다고 하지 않았어!"

"그렇지만 어떻게 해야 할지 이미 결단을 내렸을 터."

무슨 말인지는 모르겠지만, 샤스틸은 곧장 고개를 끄덕이고 검을 잡았다.

"당신이 말할 것까지도 없어. 난 내가 원하는 대로 검을 휘두를 테니까."

그리고 샤스틸은 조용히 이렇게 외쳤다.

"난 더 이상 망설이지 않을 거야. 그러니 힘을 빌려줘——성검 〈아즈라엘〉."

〈정화의 불꽃〉——하지만 그건 불꽃이라기보다는 빛이었다.

라파엘처럼 거친 불길의 형태가 아니라 검에 휘감기는 얇은 빛이다. 하지만 덧없이 느껴지진 않았다.

자간은 알 수 있었다.

이건 라파엘이 불의 형태로 발했던 힘을 검에 모은 것이다. 한 점에 모인 그 빛은 〈천린〉조차 벨 수 있을 것처럼 날카로웠다.

——이 녀석, 성검의 힘만 보면 라파엘보다 위 아닌가?

눈을 동그랗게 뜬 자간의 옆에 샤스틸이 와서 섰다.

"성기사인 나를 믿으라는 말은 하지 않겠지만 함께 싸울 수 있게 해줘."

자간은 어깨를 으쓱였다.

"네가 잔머리를 굴릴 만큼 약삭빠른 녀석이 아니라는 사실은 나도 알아."

지난 며칠 동안 봐온 불쌍한 모습을 생각하면 싫어도 알 수 있었다.

"……그 말은, 칭찬하는 거야? 아니면 비웃는 거야?"

"글쎄."

샤스틸은 발끈해서 뺨을 부풀리더니 휙 고개를 돌리고 말했다.

"그건 그렇고, 승산은 있어?"

"한 가지 시험해보고 싶은 게 있긴 해. 하지만 직접 때려 박을 필요가 있어서 말이야. 놈을 때릴 수 있는 거리까지 접근해야 해."

"알았어. 그럼 길을 트는 건 내가 맡지."

그 즈음, 돌로 된 괴물도 재생을 완료했는지 소름끼치는 눈알로 이쪽을 쳐다봤다.

"온다."

"나도 알아."

이마에 위치한 추악한 입이 벌어지고 다시 마력의 빛이 모인다.

라파엘을 쓰러뜨린 빛의 입김이다.

뒤를 의식했다.

——여기서 피하면 뒤에 있는 두 사람이 당한다.

발바로스는 입김의 범위 밖에 있지만 그렇지 않은 사람이 둘이나 있다.

포레는 피할 수 있을지도 모르지만 라파엘은 더 이상 움직이지 못한다. 게다가 두 번이나 딸이 이런 일을 당하게 둘 수는 없었다.

자간이 자세를 잡자 그 시야를 샤스틸의 등이 가로막았다.

"이 멍청아, 세례 갑옷도 없으면서, 그러다 죽는다."

"길은 내가 트겠다고 말했잖아!"

샤스틸은 그렇게 외치고 달려 나갔다.

괴물이 입김을 토해낸다.

그 빛은 무정하게도 샤스틸의 몸을 소멸시킬——터였다.

"하앗!"

샤스틸은 힘찬 기합과 함께 성검을 휘둘렀다.

빛의 입김은 샤스틸이 휘두른 검에 정확히 둘로 나뉘었다.

좌우로 갈라진 빛은 자간과 그 뒤에 있는 포레와 라파엘을 피해 사라졌다.

"간다, 달려, 자간!"

샤스틸은 그대로 괴물을 향해 달리기 시작했다.

——제법 건방진 소리도 할 줄 아는군.

하지만 방금 그 일격에는 자간도 혀를 내둘렀다.

검을 휘두른 순간이 보이지 않았다.

그렇지만 세례 갑옷을 입지 않은 샤스틸과 자간은 신체 능력의 차이가 너무 크다.

자간은 단숨에 샤스틸을 앞질러 눈 깜짝할 사이에 괴물과의 거리를 좁혔다.

괴물이 팔을 휘두른다.

"빠르다!"

발바로스가 멍한 목소리로 중얼거렸다.

괴물은 거구에 어울리지 않게 자간에 비견될 정도로 빨랐다.

——하지만 움직임에 군더더기가 너무 많아.

커다랗게 휘두른 일격을 자간은 정면에서 주먹으로 받아쳤다.

돌로 된 주먹이 깨지면서 그 파편이 허공에 흩어졌다.

"——?"

그러나 동요한 쪽은 자간이었다.

떨어지는 파편은 불길한 기운을 내뿜는 검은 안개로 이어져 있었다. 부서진 잔해는 의지를 가진 것처럼 허공에서 움직임을 변경, 자간을 향해 쏟아졌다.

——이게 바로 부서져도 원래대로 돌아가는 이유구나!

바위로 된 몸은 임시적인 것이고 본채는 그 안에 깃들어 있는 검은 안개였다.

"멈추지 마, 자간!"

그 무수한 돌조각들이 새하얀 빛을 받아 부서졌다.

자간의 뒤를 따라잡은 샤스틸의 일격이었다.

하얀 빛줄기가 내달리는가 싶었을 때는 이미 파편 사이를 빠져나가, 그 조각이 상하로 분리되기 전에 다음 공격이 번뜩였다.

검을 휘두른 회수는 두 자리 수에 달할까.

그 모든 검술이 거의 동시로 보일 만큼 빠른 속도를 자랑하는 검이었다. 그 속도도 어마어마했지만 정말 대단한 것은 자간의 뒤에서 자간의 앞에 있는 괴물을 10번이나 베면서 그 사이에 있는 자간에게는 상처 하나 입히지 않았다는 점이었다.

감탄을 넘어 등줄기가 서늘해질 정도였다.

——처음 만났을 때 이랬다면 나도 죽지 않았을까?

성기사인 샤스틸과 처음 대치했을 때, 그녀가 처음부터 이 검술을 선보이며 덤벼들었다면 자간은 꼼짝없이 당했을 것이다.

하지만 지금은 등을 맡길 수 있는 아군이다.

자간은 그 손에 깃든 〈천린〉을 꽉 쥐고 또 다른 '회로'를 더했다.

"모두 불태워라——〈천**인**(天燐)〉"

그리고 그 주먹으로 퍽 하고 괴물의 몸통을 때렸다.

그래, 때리는 정도밖에 되지 않는 가벼운 주먹이다. 바위를 부수는 자간의 주먹이라는 사실이 믿기지 않는 무력한 일격이었다.

그 모습에 뒤에 있던 샤스틸도 당황했다.

"불발이야?"

"……아니, 이미 끝났다."

그렇게 중얼거리더니 오른손을 높이 들고 무언가를 꽉 쥐고 으스러뜨리듯 주먹을 쥐었다.

그 직후였다.

화르륵, 괴물이 검은 불길에 휩싸인다.

불길이 솟구친 것은 한순간이었다. 마치 바위의 표면을 물들이듯이 내달리더니 그대로 사라졌다.

그리고 그것으로 전부 다 끝났다.

검게 물든 조각상이 소리도 없이 무너져 내린다.

——어떤 재생력을 가지고 있든 마력을 잃으면 평범한 돌덩이

에 지나지 않지.

부서져 떨어지는 그 파편은 바닥에 닿기도 전에 먼지가 되어 흩어졌다. 눈을 한 번 감았다 떴을 때는 아무것도 남아 있지 않았다.

뒤를 돌아보니 샤스틸이 경악으로 눈을 커다랗게 뜬 채 우두커니 서 있었다.

"무슨 짓을, 한 거야?"

자간은 손바닥에 마법진을 만들어 보였다.

"〈천린〉이라는 마술이 있지. 이 마술은 주위에 있는 마력을 제한 없이 흡수해서 그 강도를 높여가는 방패인데, 그걸 뒤집어 안쪽에 넣은 것뿐이다."

"뒤집어……?"

"주위의 마력을 제한 없이 흡수해서 연소시키는 거지. 불길이 검게 보이는 건 마력 자체를 태우고 있기 때문이고."

〈천린〉과 〈천인〉――동일한 구조를 가진 표리일체의 마술. 자간이 성검과 마족에 맞서 싸우기 위해 마르코시어스의 유산을 손에 넣은 후 지난 몇 주 동안 만들어낸 성과다.

그렇지만 마족의 잔해로 만든 키메라까지 순식간에 불태울 수 있을 정도의 힘이다.

인간인 마술사가 그 힘을 뒤집어쓰게 되면 잠시도 버티지 못한다. 다른 〈마왕〉이 알면 금주(禁呪)로 지정될지도 모르는 흉악한 마술이었다.

"하지만 아직 정밀도가 떨어져. 좀 더 효율을 높여야지, 안 그러면 마족에게는 통하지 않을 거다."

자간이 대면한 마족은 더 엄청난 마력을 내포하고 있었다.

지금의 〈천인〉으로는 불사르기 전에 먼저 당할 가능성이 높다. 〈천린〉이 미완성인 것처럼 이것 또한 아직 개선의 여지가 있었다.

"당신은 정말 무시무시한 마술사야."

두려움에 떨면서 말하는 샤스틸이었지만 그 목소리에서는 경의와도 같은 것이 느껴졌다.

그래서 자간도 이렇게 대꾸했다.

"너도 꽤 괜찮은 실력을 가지고 있던걸, 샤스틸."

그러자 샤스틸이 눈을 커다랗게 뜨더니 얼굴을 가렸다.

"……왜 그래?"

"아니, 이름……, 처음으로, 불러, 줘서……."

"그랬나?"

별로 의식한 적은 없지만 지금껏 샤스틸과 대화를 나눠도 '너'라는 호칭으로밖에 부르지 않았던 것 같기는 하다.

"그건 좀 미안하네."

"아, 사과하는 거야?"

"넌 네피의 친구니까. 예의는 차려야지."

마술사의 예의라고 해봤자 노상강도의 긍지와 별반 다를 게 없지만.

샤스틸은 뺨을 부풀리며 쏘아봤다.

"난 네피만을 위해 여기에 온 게 아니야. 나는, 너와 함께 싸울 수 있어.”

자간의 눈이 휘둥그레졌다.

“마술사와 성기사가?”

“마술사와 성기사라도.”

그렇게 대답한 샤스틸에게는 자간이 몰랐던 믿음직스러운 면모가 있었다.

——등 뒤를 맡길 수 있는 사람이 있다는 것도 썩 나쁘지는 않은 것 같군.

자신과는 어울리지 않는다는 생각을 하면서도 그 말을 꺼내려 했을 때였다.

“자간!”

포레의 목소리에 뒤를 돌아보니 결국 힘이 다한 라파엘이 쓰러져 있었다.

◇

“성기사장 최속(最速)의 검, 잘 봤다.”

땅에 누운 라파엘은 씩 미소를 지었다. 당장이라도 공격해올 것처럼 사나운 미소였지만 그냥 평범하게 웃고 있는 것뿐인 듯했다.

“너무 많이 말하지 마라. 내 치유 마술은 서툴단 말이다.”

자간이 마술로 라파엘의 응급 처치를 하고 있었지만 상처가 너무 깊었다. 고작해야 지혈밖에 되지 않았다. 용의 재생 능력도 약해지고 있어서 생명을 조금 연장시키는 효과가 전부였다.

라파엘은 지친 것처럼 말했다.

"샤스틸. 네가 어떻게 생각하든 네 행동 자체가 이미 우리의 목표가 되었다. 내게 동조한 이들이 앞으로 네 힘이 되어줄 거다."

"라파엘 님……."

샤스틸은 복잡한 표정으로 라파엘을 바라봤다.

하지만, 하고 자간은 말했다.

"공생파라는 것 말인데, 아까 발바로스도 말했지만 아무래도 수긍이 안 가서 말이지. 이끌어갈 사람이 필요하다면 왜 네가 하지 않는 거지? 너도 성검 소유자잖아."

"교회 내부만이라면 그것도 괜찮겠지. 하지만 저기 있는 남자가 말한 대로다. 난 너무 많은 마술사를 죽였어. 이제 와서 손을 잡자고 해봤자 마술사들이 납득할 리 없지."

그렇기 때문에 샤스틸 같은 사람이 필요한 것이다.

샤스틸은 깜짝 놀란 표정을 지었다.

"그래서 오로바스의 이름을 사용한 건가요? 당신의 이름을 대면 아무도 믿지 않을 테니까요."

"그런 이유도 있지. 하지만 내가 살아남아 공생파를 세운 건 모두 오로바스의 유지다. 그러니 그 이름이야말로 우두머리에 가장 적합한 것이고."

이 남자에게 있어서 오로바스라는 존재는 그만큼 절대적이었던 모양이다.

그건 이해할 수 있었지만 그래도 자간은 납득이 가지 않았다.

"애당초 왜 그렇게까지 마술사를 죽인 거지? 원한 같은 것이라도 있나?"

자신들이 선량하다는 주장을 할 생각은 없다.

오히려 마술사라는 생물은 하나의 예외도 없이 악당이다. 미움을 사지 않을 이유가 떠오르지는 않았지만, 그래도 500명 가까이나 죽였다면 보통 원한은 아닐 것이다.

하지만 그의 입에서 나온 건 누구도 예상하지 못한 대답이었다.

"내가 원해서 죽인 게 아니다. 어째서인지 마술사가 먼저 나를 공격해오더군."

""""""뭐……?""""""

그 말에 자간뿐만 아니라 그 자리에 있는 모두가 얼빠진 소리를 낼 수밖에 없었다.

라파엘은 의아하다는 듯 중얼거렸다.

"이유가 뭘까. 난 신사적으로 대화를 나누려고 했는데. 적의가 없다는 증거로 웃어 보여도 마술사들은 들을 생각도 없다는 듯 먼저 공격해온단 말이지. 공격해오면 나도 맞서 싸울 수밖에 없지 않나. 그래서 결국 상대를 모두 베어 죽이고 말았다."

자간은 그가 무슨 말을 하는지 이해가 되지 않아 그저 멍하게 있었다.

"……잠깐 기다려. 얼마 전에 술집에서 만났을 때도 상당히 도발적인 말과 행동을 보였잖아."

"난 너와 친하게 지내는 샤스틸이 위험에 처했다는 사실을 전할 생각이었다만?"

머리가 아파오기 시작했다.

샤스틸도 당황해서 머리를 흔들었다.

"하, 하지만 당신은 처음 만났을 때, 내가 마술사를 몇 명이나 죽였는지부터 물었잖아요. ……앗, 설마 자신이 공생파라는 사실을 들키지 않기 위한 연기였나요?"

"무슨 말을 하는 건가? 나처럼 마술사를 많이 죽이면 우리 공생파의 가치가 되지 못한다. 너는 그 물음에 자랑스럽게 여길 숫자가 아니라고 대답했지. 그래서 나는 네가 적당한 인물이라고 확신한 거고."

라파엘이 진지한 표정으로 그렇게 대답하자 샤스틸은 머리를 끌어안았다.

그리고 잠시 후 고개를 끄덕였다.

"그러고 보니 그때, 혹시 내게 성검을 돌려주려고 일부러 그런……, 건가요?"

"성검 소유자가 성검 없이 어떻게 자신의 몸을 지키겠나."

보아하니 샤스틸과도 일이 있었던 모양이다.

자간도 라파엘과 나눈 대화를 떠올려봤다.

혼동하기 쉬운 말이기는 했지만 확실히 이 남자는 샤스틸을 죽이고 싶다는 말은 한마디도 하지 않았다. 교회의 위협이니 어쩌니 하는 말과 행동도 그가 교회의 의견을 대표한다는 의미는 아니었으리라.

――하기야 마술사와 성기사가 친하게 지내는 모습을 다른 사

람들에게 보이면 샤스틸처럼 될 테니까.

즉, 알아서 알아차리라는 뜻이었던 셈이다. 전혀 그렇게 보이지는 않았지만.

"하지만 그렇다고 500명 가까이나 죽이나?"

"매일 같이 덤벼들면 그렇게 돼. 마술사가 없어지면 나도 다시 새로운 곳으로 파견되었으니까."

가는 곳마다 그런 일을 반복한 탓에 숫자가 불어난 모양이다.

납득은 가지 않았지만 본의 아니게 이해하고 말았다.

한숨이 절로 흘러나왔다.

"네 외모를 좀 생각해. 그 얼굴로 헷갈리는 말과 행동을 하면 누구든 적이라고 생각하지!"

자간이 그렇게 지적하자 발바로스가 '허허, 네가 그런 말을 할 처지냐?'라며 어이없다는 표정을 지었다. 넌 나중에 좀 맞자.

주먹을 꽉 쥐고 있자 라파엘이 천천히 일어났다.

"샤스틸. 그만 교회로 돌아가라. 널 없애려는 자는 내가 처리하겠다. 그때까지는 이 목숨도 버텨주겠지."

"——! 누가 범인인지 알고 있는 건가요?"

"너야말로 아직 눈치채지 못한 거냐?"

짚이는 곳이 없는 건 아니다. 샤스틸의 얼굴이 순식간에 창백해졌다.

——교회 사람 중에 라파엘 외에 그런 짓을 할 수 있는 자라면 분명 한정되겠지.

교회 내부에 대해 잘 알지는 못하지만 소거법에 따라 떠오르는 사람은 한 명 밖에 없었다.

라파엘은 마지막으로 포레를 바라봤다.

"내 목을 네게 주겠다고 약속했는데 그때까지 기다려줄 수 있겠나?"

포레는 그 말에 아무 대답도 하지 못했다.

그 대신 질문을 던졌다.

"……하나만 대답해줘. 당신에게 오바로스는 어떤 용이었지?"

라파엘은 조용히 고개를 끄덕였다.

"위대한 용이다. 그 용의 등에 타고 함께 싸운 그 순간이야말로 내 인생에서 가장 찬란한 한때였다."

"……그래."

포레는 떠나가는 라파엘을 붙잡으려고도, 죽이려고도 하지 않았다.

"저렇게 보내도 괜찮겠어?"

"……모르겠어. 그렇지만 저 남자를 죽이는 게 옳은지도 이제는 모르겠어."

자간은 어린 소녀의 머리를 가만히 어루만졌다.

"그럼 이대로 괜찮은 것 아닐까?"

그리고 포레에게 손을 내민다.

"돌아가자. 네피가 애타게 기다리고 있을 거다."

"……으, 응."

복수를 포기하는 것이 옳은 일인지는 자간도 알 수 없다.

그렇지만 지금의 포레에게서 성기사에 대한 증오의 감정은 느껴지지 않았다.

——그러니 이것으로 된 거다.

앞으로도 증오가 더 커지는 일이 있을지도 모른다. 방향을 잃고 헤매기도 할 것이다.

그래도 자간과 네피는 이 소녀의 곁에 있어주겠다고 결심했다.

그때 샤스틸이 말했다.

"자, 잠깐, 난?"

"넌 교회로 돌아가, 꼬랑댕이 머리."

아직까지 적의를 드러내는 포레의 말에 샤스틸은 눈물을 글썽였다.

발바로스는 어느새 모습을 감추었고, 성으로 돌아갈 즈음엔 날이 밝을 시간이 되어 있었다.

그래도 성에서 그들을 맞아준 네피는 이렇게 말해주었다.

"——어서 오세요, 자간 님, 포레, 샤스틸 님."

그리고 같은 날 아침, 그들은 라파엘의 마지막 모습을 듣게 되었다.

◇

"그래. 샤스틸의 행방은 아직 모르는 건가……."

샤스틸의 부하인 창천의 세 기사의 보고를 들은 늙은 추기경은 가슴 아파하며 중얼거렸다.

"면목이 없습니다. 저희가 부덕한 탓입니다."

"너희들이 미안해할 일은 아니다. 샤스틸을 걱정하고 있는 건 나도 마찬가지. 지금은 가서 쉬도록 해라."

"넷!"

세 기사는 머리 숙여 인사한 다음, 크라벨의 집무실을 나갔다.

방문이 닫히자 크라벨은 더 이상 못 견디겠다는 듯 침통한 목소리로 중얼거렸다.

"오오……. 샤스틸, 나의 기사……."

"어째서 나를 위해 죽어주지 않는 게냐."

두 손 사이로 보이는 그 얼굴은 추악하게 일그러져 있었다.

"마술사는 악이다. 거기에 가담하는 자도 악이다. 성검 소유자가 악에 물들면 다음 소유자에게 물려주어야지, 그렇지 않으면 정의를 집행하지 못하지 않나."

샤스틸을 죽이면 성검은 아무것도 모르는 다음 소유자를 선택하게 된다.

이번에야말로 정의의 화신으로 잘 키워 보일 테다.

주도면밀하게 숨겨왔지만 크라벨이 성검 소유자를 암살하는 것은 이번이 처음이 아니었다.

정의의 검으로 절대적인 힘을 보이지 못하는 자, 크라벨의 뜻에 이의를 제기하는 자, 마술사를 죽이는 것을 망설이는 자, 성검 소유자에 걸맞지 않은 자는 가차 없이 버려왔다.

다행히 이 큐아노에이데스는 선대 〈마왕〉 마르코시어스의 영지다. 그 악마에게 보내면 죽더라도 아무도 의심하지 않는다.

이것은 성검의 패배가 아니다.

소유자가 성검에 어울리지 않기 때문에 성검이 진짜 힘을 빌려주지 않아서 죽은 것이다.

그렇다면 이 또한 성검의 의지라 부를 수 있으리라.

그러나 이번에는 사정이 조금 달랐다.

"라파엘 녀석이 쓸데없는 짓만 하지 않으면……."

어리석게도 샤스틸은 〈마왕〉과 싸우고 싶지 않다고 했다.

즉시 성검을 빼앗고 대대적으로 처형을 집행할 준비를 진행했다. 시간이 걸린 건 다른 추기경의 반대에 직면했기 때문이었다.

그렇다. 크라벨이 샤스틸을 지켜준 게 아니라 다른 추기경들이 크라벨을 막고 있었기 때문에 그녀는 지금껏 살아 있었던 것이다.

그런 샤스틸이 성검을 가진 채 행방이 묘연해졌다.

——네 이놈……. 그 독을 마시고도 죽지 않았다는 거냐?

잡아온 마술사를 고문하기 위해 만든 치사성이 높은 비장의 독약이다.

마술사도 죽음에 이르는 독약을 마셨는데 살아 있을 리가 없다. 그런데 시체도 성검도 찾을 수 없었다.

라파엘이 성검을 돌려주라는 말만 하지 않았어도 이렇게 일이 꼬이지는 않았을 것을.

"세 기사놈들도 도움 하나 되지 않고."

그들은 맹목적으로 샤스틸을 섬기고 있다. 그래서 틀림없이 샤스틸이 있는 곳을 찾아낼 줄 알고 감시를 붙였는데, 예상과 달리 마을을 어슬렁거리기만 할 뿐 아무리 기다려도 그녀를 찾아내지 못했다.

——아니면 감시를 붙였다는 걸 눈치챘나?

저래 봬도 세 기사 모두 큐아노에이데스에서 열 손가락 안에 드는 강자들이다.

자간이 〈마왕〉의 자리를 이어받는 날에 있었던 사건에서도 세 기사는 샤스틸이 있는 곳으로 달려가 그녀를 구조하는 데 성공했다고 한다.

그런 그들이 이번에는 이렇게 제대로 움직여주지 않는 이유는 자신들이 샤스틸이 있는 곳으로 자객을 안내하게 된다는 사실을 눈치챘기 때문인지도 모른다.

다른 방법을 생각해야 한다.

그렇게 고민에 잠겨 있는데 방문을 두드리는 소리가 들렸다.

"……미안하지만 지금은 혼자 있고 싶구나. 나중에 다시 와주지 않겠나?"

분노가 끓어올라 도저히 다른 사람과 냉정하게 대화를 나눌 수 있을 것 같지 않았다.

하지만 그렇게 말했음에도 불구하고 방문객은 문을 난폭하게 걷어찼다.

"실례 좀 하겠다, 크라벨."

그곳에 나타난 사람은 다름 아닌 거구의 성기사 라파엘이었다.

"어, 어떻게, 이런 무례한 짓을……!"

겁에 질려 외치다가 이내 깨달았다.

라파엘은 피투성이였다. 한쪽 팔도 없었고, 살아 있는 것이 신기할 정도로 중상을 입은 모습이었다.

"라파엘 님, 그 상처는 도대체……. 아니, 그보다 어서 치료를!"

재빨리 손안에 독약을 미끄러뜨린다.

무슨 일이 있었는지는 모르지만 이 남자도 크라벨이 죽여야만 하는 '악' 중 하나다.

그 목적은 확실하지 않지만 교회 안에 자신의 세력을 만들려 하고 있기 때문이다.

그것이 '공생파'라는, 자신이 가장 혐오하는 집단이라는 것을 알았다면 크라벨도 수단과 방법을 가리지 않았을 것이다. 하지만 다행인지 불행인지, 라파엘의 인상 덕분에 그런 발상을 하는 사람은 교회에 없었다.

라파엘은 크라벨 앞에 있는 의자에 털썩 걸터앉았다.

"신경 쓰지 마라. 볼일을 좀 보고 온 것뿐이니까. 금방 나갈 거다."

"하, 하지만……."

손에 낀 장갑에 독을 발라 라파엘의 상처에 슬쩍 바르려고 팔을 뻗었을 때였다.

"아……?"

그 팔이 바닥에 툭 떨어졌다.

"유감스럽지만 독이 잔뜩 묻은 손으로 내 몸에 손을 대는 건 딱 질색이거든."

라파엘은 눈에 보이지도 않을 만큼 빠른 속도로 크라벨의 오른 팔을 베어버렸다.

"으아악——우욱?!"

몸부림치며 비명을 지르는 크라벨의 입에 다리 갑옷으로 덮인 발이 처박혔다. 부러진 앞니가 몇 개나 바닥에 나뒹굴고 있었다.

"너무 시끄럽게 하지 마라. 이래 봬도 내 손으로 인간을 죽이는 건 처음이라서 말이야. 제법 긴장하고 있다고."

——왜, 나를?

목소리가 되어 나오지는 못했지만 눈으로 그렇게 호소하자 라파엘은 나른하게 대답했다.

"나도 너도 이젠 너무 늙었다. 젊은 세대가 하는 일에 일일이 손을 대면 쓰겠나. 하물며 가능성의 싹을 아예 뽑아버리려고 하다니, 안 될 일이지."

그렇게 말하며 라파엘은 성검을 뽑아들었다.

"네가 좋아하는 성검으로 죽을 수 있다. 좀 더 기쁜 표정을 짓는 게 어때?"

"우으으읍?"

눈을 커다랗게 뜨고 고개를 흔들려고 했지만 다리 갑옷이 쑤셔

박혀 있어서 아무것도 할 수 없었다.

——누가 나 좀 살려줘!

큐아노에이데스의 성검 소유자는 왜 자신을 구하러 오지 않는 거지?

방금 전에 돌려보낸 세 기사들은?

신의 대변자이자 정의의 집행자인 자신이 왜 이런 '악'에게 목숨을 위협당해야 하는 거지?

마음속으로 아무리 소리쳐도 크라벨이 믿는 '정의'는 그를 지켜주지 않았다.

"나도 곧 따라갈 거다. 먼저 저승에 가서 기다리고 있어."

자신을 향해 똑바로 내려쳐지는 성검.

그것이 크라벨이 이 세상에서 마지막으로 본 광경이었다.

"……그래. 역시 범인은 크라벨 추기경이었나."

자간의 성에 있는 객실에서 샤스틸은 왠지 쓸쓸한 듯 그렇게 중얼거렸다.

방에는 그녀 말고도 자간과 네피, 그리고 포레, 세 사람이 모여 있었다.

방금 막 자간이 크라벨의 죽음을 전해준 참이었다. 샤스틸을 암살하려 한 사람은 다름 아닌 직속 상사였던 셈이다.

"그분은 교회가 정의라고 믿어 의심치 않는 분이셨어."

그래서 마술사를 악으로 규정한 나머지 그들의 편을 든 샤스틸까지 적으로 간주한 것이다.

네피가 머뭇거리며 묻는다.

"샤스틸 씨는 알고 계셨나요?"

"어렴풋이 그런 느낌이 들었어. ……믿고 싶지 않았지만 늘 직접 홍차를 따라준 사람이 그분이었으니까."

그래서 샤스틸도 아무 의심 없이 독을 마셨다고 한다.

자간은 흥 하고 코웃음을 쳤다.

"하찮군. 정의 운운하는 놈치고 제대로 된 놈을 본 적이 없다."

"전에도 그런 말을 했었지."

이것도 처음 싸웠을 때의 일이다.

샤스틸은 낙담한 듯 어깨를 축 늘어뜨렸다.

"그래도 사람은 자신이 하는 일이 옳다고 믿고 싶어하는 존재다. 그게 나쁜 일일까."

"그렇게 믿는 건 그 녀석 자유다. 하지만 잘못되었을지도 모른다고 생각한 순간, 반드시 망설이게 되지. 그런 의미에서는 널 죽이려 한 범인이 옳아. 널 죽이는 일도 망설이지 않았으니까."

정의란 그런 것이다.

옳기 때문에 절대 망설이지 않는다.

맹목이 지나치면 광신이 되고 큰 힘이 된다.

교회가 강한 이유는 그런 것이 근저에 있기 때문이다.

"당신은 언제나 엄격한 것 같아."

그것은 씁쓸한 웃음이었지만 상심한 사람의 얼굴은 아니었다.

샤스틸은 옆에 있는 홍차를 한 모금 마시고 나서 자리에서 일어났다.

"난 교회로 돌아갈게. 현재 교회의 모습은 분명 이상해. 그걸 바로잡겠다고 잘난 척하는 건 아니지만, 조금이라도 바꾸고 싶어."

"그런가."

짧게 대꾸하자 샤스틸은 다시 쓴웃음을 지었다.

"이런 때에도 당신은 그렇게밖에 말해주지 않네."

그 말을 듣자 자신이 나쁜 짓을 한 듯한 기분이 들었다. 자간이 무정한 인간인 건 새삼스러울 것도 없지만 얼굴을 맞대고 그런 말을 들으니 신경이 쓰이지 않을 수 없었다.

그래서 자간은 샤스틸의 컵을 가리켰다.

"실은 그 홍차, 독이 들었다."

"뭐어?"

샤스틸은 하마터면 컵을 떨어뜨릴 뻔하면서 외쳤다.

――정말로 쉽게 동요하는 녀석이군.

소녀의 당황한 모습을 잠시 지켜본 자간은 아무래도 상관없다는 듯 말했다.

"……농담이다. 가끔은 다른 사람의 말도 의심하도록 해."

뭐, 샤스틸도 굳이 자간이 말하지 않아도 농담이라는 것 정도는 알고 있으리라. 컵을 고쳐 들고 가만히 노려봤다.

"……방금 그건 아무리 장난이라도 너무 심한 것 아니야?"

"그런가?"

"당연하지. 이 홍차, 네피가 타준 거잖아? 그런데 하마터면 쏟을 뻔했단 말이다."

비난 어린 말에 자간은 고개를 갸웃거렸다.

"그 홍차를 탄 사람은 네피가 아닌데?"

"어? 아니, 어……? 그럼 누가 탄 거지?"

"글쎄."

얼버무리듯 어깨를 으쓱였지만 당연히 자간은 홍차를 타는 방법 따위 모른다.

당황한 샤스틸은 남은 한 명인 포레에게로 시선을 돌렸다. 네피에게 홍차를 타는 법을 배웠을 수도 있지만, 샤스틸에게 홍차를 타줄 리는 없었다.

샤스틸도 그 정도는 알고 있었다.

자세를 바로잡고 어린 소녀 앞에 무릎을 꿇었다.

“결국 너와는 제대로 된 대화를 나누지 못했구나.”

그리고 머리를 만지려고 손을 뻗자 포레는 얼른 자간의 뒤로 숨어버렸다.

“하하, 하……. 사이좋게 지내기는 쉽지 않을 것 같네.”

어쩔 수 없다는 듯 웃으며 일어났을 때였다.

“……또, 와. ……샤스틸.”

작은 목소리로, 하지만 확실히 포레가 말했다.

샤스틸의 눈동자에 왈칵 눈물이 고였다.

“으으……, 드디어……, 드디어, 이름을 불러줬어!”

“결국, 우는 거야?”

그 모습을 본 포레도 어이없다는 듯 한숨을 내쉬었다.

이윽고 눈물이 멎자 이번에야말로 샤스틸은 방 밖으로 발을 내딛었다.

“짧은 기간이었지만 신세 많이 졌어. 공생파인지 뭔지를 과연 내가 짊어질 수 있을지 모르겠지만, 조금이라도 당신들이 살기 편한 세상을 만들 수 있도록 작은 힘이나마 최선을 다할 거야.”

그 순간, 쉰 목소리가 그녀에게 말을 건넸다.

“그래. 결심해줬구나.”

“과분하지만 해볼게.”

“곤란한 일이 있으면 언제든 말해라. 팔이 하나밖에 없어서 할 수 있는 일은 한정되어 있지만, 그래도 힘이 될 수 있을 거다.”

소리 없이 방안에 나타난 목소리의 주인은 하나밖에 없는 팔로 티세트를 끌어안고 있었다.

"감사합니다, 라파엘, 님……."

거기까지 말했다가 번쩍 고개를 드는 샤스틸.

그곳에는 고개를 들어서 봐야 할 정도로 큰 남자가 서 있었다.

"벌써 일어나도 되나? 라파엘."

그렇다. 그곳에 있는 사람은 바로 그 라파엘이었다.

상처를 치료해준 데 대한 감사의 표시라며 아침 홍차를 준비해 준 것이다.

"음. 원래 내게는 오로바스의 가호가 있다. 거기에 엘프의 마법까지 더해졌으니 이 정도 상처는 아무것도 아니다."

그렇지만 잃어버린 팔까지 되찾지는 못했다. 성기사로서 라파엘의 힘은 현저하게 약해질 것이다.

자간은 그를 힐끔 쳐다봤다.

"그 팔로 성검을 다룰 수 있나?"

"싸우는 건 힘들지. 게다가 나도 이제 늙었다. 이제 곧 성검도 다른 소유자를 선택하게 될 거다."

"그렇군. 그럼 그때까지 열심히 이용해주마."

"하하, 나를 이용하는 대가는 비쌀 텐데."

아마 급여는 꼭 받겠다는 뜻이리라.

진의를 알아주기 힘든 남자지만, 자간도 옆에서 보면 이 남자와 똑같을지도 모른다. 그렇게 생각하자 살짝 우울해졌다.

"——둘 다 그렇게 느긋하게 이야기나 하고 있을 때야?"

자간이 얼굴을 찌푸렸다.

"거 참, 시끄럽네. 문제라도 있나?"

"당연히 있지. 난 라파엘 님이 죽은 줄로만 알고……."

자간도 마지막으로 헤어졌을 때 그렇게 생각했다.

하지만 이 남자는 성실하게도 포레에게 자신의 목을 바치기 위해 자간의 성으로 찾아왔다. 샤스틸은 기진맥진해서 쓰러져 있었기 때문에 이야기해주지 못했지만.

자간은 라파엘을 가리켰다.

"애당초 크라벨의 전말에 대해 이야기해준 사람이 이 남자다."

"뭐?"

그러지 않았다면 추기경 암살에 대한 소문이 여기까지 들어올 리 없었다. 교회에서도 그런 불상사는 어떻게든 은폐하려고 획책할 테니 말이다.

샤스틸은 힘없이 주저앉았다.

"그래도 살아 있어서 조금 안심했어요."

"너도 참 물러 터졌군. 그러고 있으면 뒤에서 베여도 불만 한마디 못할 거다."

마치 지금 당장이라도 베어버릴 것 같은 말투에 샤스틸도 즉시 긴장된 표정을 지었다.

"아~……. 언제 누구에게 배신당할지 모르는데 그렇게 안이한 생각을 하면 위험하다는 뜻이 아닐까?"

자간이 냉정하게 주석을 달아주자 라파엘은 과장되게 고개를 끄덕였다.

"역시 나의 왕. 그릇이 달라. 감탄했다."

"아니, 나도 일단은 알고 있……, 잠깐, 나의 왕이라고?"

아연실색하는 샤스틸에게 라파엘은 별일도 아니라는 듯 고개를 끄덕여 보였다.

"그러고 보니 말하지 않았었나? 난 자간 님의 집사로 고용되었다. 성기사장은 오늘을 기점으로 퇴직한다."

"에에에에에에에에에에에에에에에에에에에에에에에에에에에에에에에에에에에에에?"

자간은 샤스틸의 비명 소리에 귀를 막은 채, 라파엘과 포레의 대화를 다시 떠올렸다.

「약속한 대로 내 목을 바치러 왔다.」

성의 입구에서 힘이 다한 라파엘은 자간의 결계에 감지되었고, 샤스틸을 제외한 세 사람은 그를 데리러 뛰어나갔다. 그곳에서 그가 제일 먼저 꺼낸 말이 바로 그것이었다.

오로바스를 죽인 범인은 이 남자가 아니다. 그렇지만 원수라 부를 수도 있다. 그렇기 때문에 라파엘을 어떻게 처분할지 결정할 사람은 포레였다.

시계 초침이 한 바퀴 정도 돌 시간 동안 고민한 끝에 포레가 낸 답은 이랬다.

「그렇다면 자간과 네피를 위해 일해. 그게 나를 위한 일이야.」

그리하여 라파엘도 자간의 성에서 일하게 되었다.

——이것으로 〈마왕의 각인〉의 연구는 비약적으로 진전되겠지.

마르코시어스의 유산에서 성검에 대한 지식을 어느 정도 얻기는 했지만, 역시 실물이 있는 것과 그렇지 않은 것은 비교조차 되지 않는다. 성검에 새겨진 문양을 해독할 수 있으면 언젠가 〈마왕의 각인〉의 정체도 밝혀낼 수 있을 것이다.

그렇지 않더라도 어차피 성의 수리와 마왕전 관리 등, 일손은 아무리 많아도 부족할 지경이었다.

신용할 수 있는 부하라면 마술사든 성기사든 불만은 없었다.

——게다가 왠지 남 같지 않은 면이 있단 말이지.

자간도 네피라는 소녀를 만나지 않았다면 라파엘처럼 되었을지도 모른다.

그런 라파엘을 포레가 가만히 올려다봤다.

"무슨 할 말이라도?"

"팔, 없는 거, 불편해?"

"흠. 네가 신경 쓸 일은 아니다."

"……잠깐만 기다려."

포레는 그 말을 남기고 샤스틸의 방을 나갔다. 교회로 돌아가겠다고 했던 샤스틸은 나갈 기회를 놓치는 바람에 머쓱하게 손을 꼼지락거리고 있었다.

잠시 후, 포레가 돌아왔다.

그 팔에는 거대한 갑주로 된 왼팔이 들려 있었다. 이 성에 온 후로 방치해두었지만, 〈망령〉의 모습을 만들어준 가짜 팔이다.

"……앉아봐."

"음?"

라파엘이 무릎을 꿇고 앉자 포레는 그의 왼쪽 어깨에 갑주를 끼워주었다.

그리고 뭐라고 중얼거리자 텅 빈 갑주가 희미하게 빛나기 시작했다.

"이제 움직일 수 있을 거야."

"오오……."

라파엘이 감탄 어린 한숨을 흘렸다.

포레가 월포레로서 갑주를 조종했던 마술이다. 그것을 라파엘도 다룰 수 있게 한 것 같았다.

"오로바스에 이어 그 딸에게도 이렇게 큰 은혜를 입다니. 내 목숨은 네게 바치겠다."

"……호들갑 피우지 마."

고개를 획 돌렸지만 그런 포레의 뺨은 발그레 물들어 있었다.

그때 샤스틸이 불만스럽게 중얼거렸다.

"저기……. 그럼, 나가는 건, 나뿐이야?"

"음, 그런 셈이지."

"아니, 그래도……."

자신이 결정한 일인데도 샤스틸은 또 눈물을 글썽이고 있었다.

하는 수 없이 자간은 입을 열었다.

"언제든 오면 되잖아? 네피와 포레도 기뻐할 거다."

"……나도?"

"아니라고?"

포레는 아니라고 말하는 것 같은 표정을 지었지만 부정의 말은 하지 않았다.

그래도 샤스틸은 자간의 얼굴을 올려다봤다.

"자간은……?"

설마 그런 질문을 할 줄은 몰랐는지, 자간의 눈이 동그래졌다.

그리곤 머리를 긁적이며 어쩔 수 없다는 듯 대답했다.

"……술잔을 함께 기울이는 정도는 괜찮겠지."

샤스틸의 얼굴이 환하게 밝아졌다.

"좋았어! 나도 열심히 해야지."

그리고 이번에야말로 성검의 소녀는 성을 떠났다.

"정말 시끄러운 녀석이라니까……."

그러면서 네피의 옆에 서자 네피가 고개를 획 돌려버렸다. 뺨이 살짝 부루퉁해져 있는 게, 아무래도 토라진 것 같았다.

"네피?"

"왜 그러세요?"

"……왜 화가 났지?"

네피는 무슨 말인지 모르겠다는 듯 고개를 갸웃거렸다.

"그렇게, 보이나요?"

"보이니까 묻는 거잖아……."

그렇게 말하자 이번에는 네피가 자간을 붙잡듯이 팔을 꽉 끌어안았다.

"그럼 알아주세요."

부드러운 두 언덕이 팔에 닿는다.

그곳을 통해 전해지는 심장 소리가 상당히 빠르다.

뾰족한 귀 끝은 살짝 달아올라 있었는데, 가만히 쳐다보고 있으니 작게 떨리는 것이 보였다.

――화가 나기는 했지만 뭔가를 기대하고 있기도 한 건가?

어려운 요구에 잠깐 고민하다가 그녀의 뺨을 살짝 어루만졌다.

"어젯밤에는, 혼자 두고 가서, 미안했다."

네피는 깜짝 놀라 눈을 동그랗게 뜨더니 그의 팔에 얼굴을 가만히 문질렀다.

"……자간 님, 너무하세요."

과연 자간의 대답은 정답이었을까.

그래도 네피의 기분은 좋아진 것 같았다.

"……라파엘, 안 보여."

"포레, 네가 보이겐 아직 이르다."

그런 두 사람의 모습을 성의 새로운 주민들은 똑똑히 지켜보고 있었다.